Zu diesem Buch
In einem verrückten Sommer, in dem es auf der ganzen Welt um Leben und Tod zu gehen scheint, macht sich Lila auf den Weg zu sich selbst. Den Zeichen folgend, taucht sie tiefer und tiefer in die Matrix ein. Im Außen tobt „das Virus"- in Lilas Innerem wütet der Sturm der Sehnsucht nach Leben.

Aus einem spontanen „Ich bin genervt – hol mich hier raus!" wird ein Abenteuer aus starken Gefühlen, spirituellem Erwachen und Liebe.

Ein Wochenend-Besuch in einem Osho-Dorf und die Begegnung mit Ben stellen Lila's Leben sofort auf den Kopf. Fragen über das Sein, der Blick in ferne Galaxien und ein blauer Falter wecken eine tiefe Sehnsucht im Herzen der jungen Frau.

Ben und Lila starten in eine aufregende Zeit der Transformation. Mal sind die Zwei wie Eins, mal quält sie die lähmende Stille der Abwesenheit. So wie die Welt ihren Wandel vollzieht und plötzlich nichts mehr ist, wie es mal war, so spürt auch Lila in ihrem Sein einen nie da gewesenen Wandel. Mit dem Blick in Ben's Augen scheint sie sich endlich selbst erkennen zu können.
Und vielleicht geht es am Ende auch nur darum …?!

Lila Mint

halloWACH?!

Roman

Die Deutsche Nationalbibliothek verzeichnet diese
Publikation in der Deutschen Nationalbibliografie; detaillierte
bibliografische Daten sind im Internet über
http://dnb.dnb.de abrufbar.

TWENTYSIX
Eine Marke der Books on Demand GmbH

© 2021 Lila Mint
www.hallo-wach.org

Herstellung und Verlag:
BoD – Books on Demand, Norderstedt
ISBN: 978-3740 780050
2. Auflage 06/2021

Illustration / Cover: Lila Mint
weitere Mitwirkende: A. Willbrandt / A. Clar
Gedicht: „Wieder nur Worte" © sunflower

Für alle TRÄUMER

Die Handlung und alle handelnden Personen
sind frei erfunden.
Jegliche Ähnlichkeit mit lebenden oder realen
Personen wäre rein zufällig.

Vorwort

hallo WACH?!

Auf den Punkt – worum geht es in diesem und vielleicht vielen anderen gelebten Leben eigentlich? Lieber Geist, weißt du, wer du wirklich bist? Lieber Geist, wie viele Rollen möchtest du noch spielen? Lieber Geist, bist du schon erwacht?

Roman hin oder her, ein ausgedachtes oder erlebtes Szenario über ein ver-rücktes Jahr. Über das Jahr 2020, in dem auf der ganzen uns erdachten Welt eine Geschichte des Wandels, der Projektion und damit auch eine Realität kreiert wurde.

Es geht in diesem Buch um Freiheit und Liebe.

Jeder von uns ist frei. Wenn er nur will.
Und „irgendwie" gehören wir auch alle zusammen.
In Liebe verbunden.
Dennoch hätte 2020 kaum enger und spaltender werden können, damit sich viele und noch viel mehr endlich die Augen reiben, um in ihrem persönlichen Reifegrad zu erkennen, was wirklich ist.

„halloWACH?!" ist aus dem Herzen einer wundervollen Autorin geschrieben. Die sich Wunder kreieren wollte, während Angst und Panik in eine heil-geglaubte Welt gestreut wurden.
Mit Lila ist die Romanheldin eine mutige Frau, die sich die Freiheit geschenkt hat, ihre Neugier zu leben, Dinge

zu hinterfragen und sich nicht einfach Repressalien unterworfen hat.

„halloWACH?!" ist für mich ein „Roadmovie", ein inspirierender, innerer Film mit interessanten Stationen der spirituellen-, materiellen- und geistigen Welt.

Dieses Buch ist für alle Freunde der schnellen Worte, für alle, die auf Zeichen achten, für alle, die ihren Blick aus einer anderen Perspektive auf diese Zeit richten wollen. Es ist die Geschichte in der Geschichte, eine Einladung mit seinem Geist zu spielen.

Danke – dass ich dabei sein durfte.
Mit einem Lächeln SAM

Wildgänse

Ich sitze auf meinem Balkon. Es ist April und die ersten zarten hellgrünen Blätter der Birken sprießen im Wald hinter meinem Haus. Die Sonne scheint, die Luft ist kalt und der frische Kaffee, den ich mir eben gemacht habe, dampft heiß in seinem Becher vor sich hin. Ich höre die Wildgänse, wie sie laut schreiend in Formation über den Himmel ziehen und von ihrer langen beschwerlichen Reise aus dem Süden zurück zu uns in den Norden kommen.
Für mich gibt es zwei sehr emotionale Momente in jedem Jahr. Man könnte jetzt meinen, es seien Weihnachten oder ein Geburtstag. Aber nein. Es sind die Tage im Herbst, an denen die ersten Wildgänse in Richtung Süden fliegen und die Tage im Frühling, an denen sie zu uns zurückkommen. Jedes Mal überkommt mich eine tiefe Traurigkeit oder aber Freude bei ihrer Rückkehr.

Keine Ahnung, woher diese Gefühle kommen, aber es war irgendwie schon immer so. Schon in meiner Kindheit wäre ich am liebsten mit den Gänsen gereist.
Warum? Gute Frage. Mein Wunsch nach Freiheit war einfach seit jeher unendlich groß. Schon als Kind waren Grenzen nichts, was mich wirklich aufhalten konnte.

Ich bin in den 1980er Jahren in einem kleinen Dorf in Norddeutschland groß geworden. Nicht so ein Möchtegern-Dorf mit Bäcker, Tankstelle, Busanbindung in die nächste Stadt und Telefonzelle. Nein.
Ein RICHTIGES Dorf mit Nichts, nur UNS.

Außer einer kleinen, in die Jahre gekommenen Kneipe, in der sich täglich um 18 Uhr zur „Schluckzeit" eingefunden wurde, und einem Minikiosk, der zur Kneipe gehörte, gab es wirklich nichts. Der Kaugummiautomat, aus dem mit Glück gelegentlich ein goldener Plastikring mit Herzchen oder ein Flummi neben steinharten alten Kaugummikugeln geangelt werden konnte, war unser Highlight.

Der Weg in die Zivilisation fuhr morgens um 7:10 am Feuerwehrhaus ab und kam mittags um 12:30 Uhr, 13:30 Uhr oder 14:30 Uhr wieder dort an. Er nannte sich Schulbus.

Weitere Highlights waren das alljährliche Osterfeuer, Maibusch, Tohms-Singen, Scheunenfeten und der Schlachtetag, an dem die 3 Schweine, die ihren Stall direkt neben der Bushaltestelle hatten und täglich von uns Kindern besucht wurden, ihre finale Bestimmung als Schnitzel und Rollbraten für die Knobel- und Skatabende in „Meyers Wirtshaus" fanden.

Unser Dorf umfasste knapp 100 Einwohner. Dazu kamen nochmal etwa 100 Kühe, die 3 Schweine, diverse Hühner, die überall im Dorf frei herumliefen (und gelegentlich auch überfahren wurden) sowie etliche Katzen und Hunde.

Ein Leben in absoluter Freiheit!

Jeder hatte ein Auge auf uns Kinder, die überall und bei jedem spielen konnten. Ob nun bei den Bauern auf den Höfen, im Wald oder auf den Feldern. Gelegentlich gab es eine Ermahnung, wenn wir die Kornfelder plattgelatscht oder ein wenig zu großzügig an den Kirschbäumen genascht hatten, aber es war eine zwanglose, freie und vor allem glückliche Kindheit.

Wir waren drei Freunde.

Christian, der Nachbarjunge von gegenüber, der genau wie ich Jahrgang 1981 war und den alle nur Bubi nannten sowie Marie, die am gleichen Tag wie ich Geburtstag hatte, jedoch ein Jahr älter war (und darauf auch Wert legte). Und ich. Lila. Ein blondes burschikoses Mädchen mit Kurzhaarfrisur, das für ihr Alter immer ein bisschen zu groß und zu dünn schien, mit blasser Haut und dunklen Augenrändern immer ein wenig kränklich wirkte und die plapperte, wie ihr der Schnabel gewachsen war.

Die einen würden sagen, ich war etwas vorlaut, frech und ungestüm, die anderen würden es als selbstbewusst und wissbegierig beschreiben. Heute, knapp 40 Jahre später, würde ich wahrscheinlich als ADHS-Kind oder sonst wie verhaltensauffällig abgestempelt und therapiert werden.

Obwohl ich zugeben muss, dass auch meine Eltern mich bereits Anfang der 1990er Jahre zu einem Kinderpsychologen schleppten, weil sie mich als zu *renitent* empfanden. Ein Wort, dass ich seither nie wieder vergessen habe.

Der Therapie-Versuch endete in einem Deal. Nachdem ich mich standhaft geweigert hatte mitzumachen und erst nach dem Versprechen meiner Eltern, mir den heiß ersehnten Gameboy zu kaufen, bereit war, mit dem Psychologen zu kooperieren, stand die Diagnose schnell fest:

EIGENSINNIG - SELBST DENKEND - und nur für Dinge zu begeistern, die SIE INTERESSIEREN.

Aus heutiger Sicht würde ich sagen, die Diagnose stimmt zu 100%. Zwar hat sich mein Äußeres über die Jahre sehr verändert, aus der blonden Kurzhaarfrisur sind lange kupferrot gefärbte Haare geworden. Ich bin noch immer groß und schlank, aber nicht mehr kränklich dürr und auch die Augenränder sind über die Jahre etwas weniger geworden und der Rest wird mit Concealer versteckt, aber innerlich bin ich noch immer dasselbe freiheitsliebende, eigensinnige Mädchen von damals geblieben.

Vielleicht ist das der Grund dafür, warum sich heute keine Freude bei der Rückkehr der Wildgänse einstellen möchte.

Es ist das Frühjahr 2020.

Wir leben mit dem „Virus" und die ganze Welt ist im ersten Lockdown gefangen.

 # Follow the white Rabbit

„Lila, es ist alles ganz anders als wir denken. Mach dir keinen Kopf. Du wirst nicht krank. Dieses Virus ist ein Trojaner".
Ich telefoniere mit meiner Freundin Toni. Mir raucht der Kopf. Unzählige Informationen und aberwitzige Theorien donnern aus dem Lautsprecher meines Smartphones auf mich ein. Gepaart mit Links zu YouTube Videos und obskuren Infoseiten im www, die über WhatsApp parallel zu Toni's Monolog bei mir auf dem Display aufploppen.
„Schau dir das an. Das ist echt harte Kost, aber es macht voll Sinn. Wollte ich auch erst nicht glauben, aber mein Ex beschäftigt sich schon seit Jahren damit. Das hat alles System. Schau dir das an und wir quatschen später. Du hast ja jetzt Zeit. Dein Laden ist ja eh zu…hehe….
Du, da ruft grad noch jemand an…wir hören uns später, Puppe."
Ehe ich noch etwas erwidern kann, hat Toni bereits aufgelegt.
Ich bin verwirrt.
Was war das denn bitte??? Ich versuche, die gerade gehörten Informationen in meinem Kopf zu sortieren. Okay, von Toni bin ich so einiges gewöhnt, aber sowas?

Toni ist mir seit Jahren eine gute Freundin und man muss über sie wissen, dass sie wie ein Mensch gewordener Duracell-Hase ist. Wo andere eine Batterie in ihrem Körper verbaut haben, hat Toni eine Powerbank.
Und es gibt keinen OFF-Schalter.

Ich habe Toni vor 16 Jahren in Hamburg kennengelernt.
Nach meiner Bullerbü-Kindheit auf dem Land und einer Ausbildung in der nahe gelegenen Kleinstadt, trieb es mich in den frühen 2000er Jahren in die große weite Welt.
Ich hatte die Nase voll von der Dorfidylle und wollte, wie so viele in meinem Alter, etwas erleben und so zog ich in die Hansestadt.
Nach einem Ausflug in die Welt der Schönen und Reichen und einer kurzen Zeit als Fotomodel (die mehr oder weniger erfolglos blieb) sowie verschiedener Praktika bei Talkshowproduktionen, Modelagenturen, Werbeagenturen (eigentlich so ziemlich allem, was den Namen „Agentur" trug), arbeitete ich zu der Zeit als einzige Mitarbeiterin in einer kleinen schmierigen
Yellow-Press-Agentur als Redakteurin und Mädchen für alles.
Die Bezeichnung „Mädchen für alles" wurde von meinem damaligen Chef etwas zu wörtlich genommen und so baggerte er tagtäglich an mir herum.
Nachdem aber all seine Annäherungsversuche erfolglos blieben und ich ihm trotz diverser Geschenke und mehr oder weniger fragwürdiger Liebesbekundungen weiterhin die kalte Schulter zeigte, gipfelte sein Werben in einem lebenden Geschenk auf vier Pfoten. Das Geschenk hieß Heinz und war ein Chihuahua-Mischling, der fortan sein Leben mit mir teilen und mein Herz erwärmen sollte. Der Plan ging auf. Jedenfalls für Heinz. Der Hund blieb, der Chef nicht.
Bei einem unserer letzten gemeinsamen Jobs lernte ich Toni kennen.
Eine deutsche Version von Angelina Jolie. Groß, schlank, lange dunkle Haare und voller Power.

Schon damals tanzte sie auf unzähligen Hochzeiten gleichzeitig. Sie war verheiratet, lebte aber schon wieder in Trennung und mit ihrem neuen Freund zusammen, einem etwas durchgeknallten Buddhisten.
Auch sie hatte eine Zeit als Model, Schauspielerin, Moderatorin und Sängerin hinter sich. Ihr aktuelles Projekt war ein Luxus-Hundeladen, der im Schickimicki-Stadtteil Pöseldorf lag und zu dessen VIP-Eröffnung ich an diesem Abend als Redakteurin inklusive Heinz als Stargast eingeladen war.
Wir verstanden uns auf Anhieb blendend.
Wir verstanden uns sogar so gut, dass ich einige Jahre später ihren Ex-Mann übernahm, bis auch er bei mir irgendwann wieder zum Ex wurde.
Der Mann ging, unsere Freundschaft blieb.

Toni zog als Erste von uns beiden aus Hamburg weg und ging zurück in ihre Heimatstadt Göttingen. Einige Jahre später verließ auch ich Hamburg und zog, inzwischen selbst verheiratet und Mutter meines Sohnes Max, zurück in mein Heimatdorf.
Ich hatte mich auf meinen ursprünglich erlernten Beruf besonnen und mir ein kleines Kosmetikstudio aufgebaut, das ich bei uns im Haus betrieb. Es lief fantastisch. Ich überlegte sogar zu expandieren und begab mich Anfang 2020 noch völlig euphorisch auf die Immobiliensuche.
Doch dann kam alles anders.
Dann kam DAS Virus.

Ich musste meinen Laden schließen, mein siebenjähriger Sohn Max konnte nicht mehr in die Schule gehen und mein Mann Nikolas blieb von nun an im Homeoffice.

Die Tage zogen sich wie Kaugummi in die Länge.
Im Fernsehen wurde fortwährend vor diesem wahnsinnig aggressiven und tödlichen Virus gewarnt.
Die ganze Welt wurde innerhalb kürzester Zeit auf ein Minimum heruntergefahren und die Zeit schien eingefroren zu sein.
Die Menschen brachen zu Hamsterkäufen auf. Der Deutsche bevorzugte Nudeln, Mehl, Hefe und KLOPAPIER.
Erstaunlich, diese Seite der Deutschen war mir bisher völlig unbekannt.
Was mich allerdings neben der deutschen Vorliebe für Hartweizenprodukte und Klopapier recht schnell irritierte, war das Ausbleiben der angekündigten zahlreichen Kranken und Todesopfer in meinem Umfeld.
Die Medien, Ärzte, Politiker und Virologen prophezeiten in Podcasts und Talkshows die wildesten Horrorszenarien für die unmittelbare Zukunft. Die Gesellschaft verfiel in eine regelrechte Angststarre.
Jeder wartete förmlich darauf, dass die Einschläge näher kämen und bald jede Familie mindestens einen Erkrankten, wenn nicht sogar Toten zu beklagen hätte.
Aber irgendwie wollte sich dieses Bild in meiner Realität nicht einstellen.
Niemand, den ich kannte, wurde krank. Niemand starb.
Und meine Zweifel an der Geschichte, die uns über die Medien erzählt wurde, wuchsen.

Aus meiner beruflichen Vergangenheit im Mediengeschäft weiß ich, wie Geschichten gemacht werden. Wie oft habe ich mich selbst

„zur Story gemacht", weil wieder mal ein Protagonist fehlte, aber eine Geschichte dringend erzählt werden musste.

Diversen „Identitäten" habe ich schon mein Aussehen geliehen. Mein Gesicht gehörte schon zu:

Katharina Marquard - die Katzen liebende Kunstsammlerin aus Eppendorf,

Marie Meyer - das an Bulimie erkrankte Mädchen, das in eine Talkshow saß, um über ihr Leid zu klagen und Viola Grün - das feiernde Paris Hilton Double, dass gerne shoppt und Chihuahuas liebt.

Alles hübsch verpackt und in ein Print- oder TV-Format gedrückt. Fein aufbereitet und dem Endkonsumenten als „Realität" verkauft. So funktioniert Unterhaltung fürs Volk. Der Protagonist bekommt seine Gage, das Format seinen Inhalt und der Konsument seine „Wirklichkeit".

Ich klicke den ersten Link an, den Toni mir geschickt hat. Er führt mich auf die Homepage eines deutschen Lungenfacharztes, der sich sehr sachlich und kritisch zur aktuellen Angstpolitik äußert.

Er zählt Daten und Fakten auf und zieht Parallelen zu schon vorhergegangenen Erkrankungswellen, die Jahr für Jahr über unseren Planeten ziehen. Er kritisiert die Medien und spricht von falsch ausgelegten Zahlen und Statistiken.

Der nächste Link führt mich zu einem weiteren Facharzt für Mikrobiologie und Infektionsepidemiologie. Auch hier eine ähnlich kritische Meinung. Von „Panikmache" und den Machenschaften der „Pharmalobby" wird gesprochen.

Ich klicke mich weiter und lande auf einer Seite, die über die Verstrickungen von Politik, Pharmaindustrie,

Medien und einer sogenannten Elite berichtet. Von einer neuen Weltordnung ist die Rede. Pläne, die schon seit Jahrzehnten bereit lägen und jetzt in die Tat umgesetzt werden sollen. Es wird von „Geheimbünden" berichtet, die seit Jahrhunderten die Fäden im Hintergrund ziehen würden. Von satanischen Ritualen und okkulten Kinderopfern wird geschrieben.
Ich grabe mich immer tiefer durch die verschiedenen Seiten.
Vorhersagen und Prophezeiungen längst vergangener indigener Völker, Glaubensgemeinschaften und Sehern prasseln auf mich ein.
Die einen sprechen von den Apokalypsen, die anderen von einer „neuer Dimension" in die wir uns jetzt erheben würden. Ufos, Aliens - von allem etwas dabei.
Das „Virus" sei nur der Deckmantel, unter dem das alles geschehen würde. Ein *Schattenspiel,* das vom großen Ganzen ablenken soll, nämlich dem finalen Endkampf zwischen Gut und Böse.

Ich lege mein Smartphone aus der Hand. Der Akku glüht - mein Hirn tut es auch.
Ja nee, ist klar!!
Ich brauche erst einmal einen Tee. Die Gedanken kreisen in meinem Kopf.
Das, was ich da eben gelesen habe, ähnelt eher dem Drehbuch eines abgedrehten Science-Fiction-Films als der Welt, die mir vertraut scheint. Dennoch lässt es mich nicht mehr in Ruhe und in meinem Innersten wird die Frage laut: „Was wäre, wenn…?"

Illuminati

Die Sonne scheint. Ich bin in meinem Garten, das Handy am Ohr und laufe im Kreis. Am anderen Ende der Leitung ist Toni, wie so oft in den vergangenen Tagen.
„Na Puppe, wie geht es dir? Mir fällt hier langsam die Decke auf den Kopf. Wie ist es bei dir"? Toni klingt genervt.
Es ist Anfang Juni und noch immer steht die halbe Welt still. Zwar ist ein wenig Normalität zurückgekehrt, aber die meisten Menschen fürchten sich noch immer vor dem unsichtbaren Feind.
Die Stimmung in der Gesellschaft hat sich aufgeheizt und es ist eine deutliche Spaltung zu spüren.
Es gibt immer noch die einen, die völlig in Panik sind, wie ferngesteuert Klopapier horten und sich hysterisch die Hände waschen aus Angst vor dem „Virus" und es gibt die anderen. Die anderen sind WIR. Menschen, die denken wie Toni und ich.
Die, die den ganzen Wahnsinn nicht mehr nachvollziehen können und deren Proteste gegen all die Maßnahmen immer lauter werden.
Nach dem Sichten der ersten Links von Toni fing es an, in mir zu arbeiten. Für meinen Verstand waren viele Dinge unbegreiflich, aber mein Bauch und mein Gefühl sagten mir, ich solle weitermachen, mich tiefer auf die Geschichten einlassen, die immer mehr an die Oberfläche drückten. Gefühle und Erinnerungen, die ich nicht einordnen konnte, sich aber wahr anfühlten.
Nachdem der erste Schock überwunden war, erinnerte ich mich an einen Abend, der schon einige Jahre zurück

lag, mir rückblickend nun in einem völlig neuen Licht erschien und damit an Bedeutung gewann. Darüber wollte ich mit Toni heute sprechen.

„Mir geht es ähnlich" antworte ich Toni auf ihre Frage. „Ich bin total genervt. Inzwischen gibt es auch zuhause nur noch Stress. Nikolas versteht so gar nicht, was bei mir abgeht. Ihm gehen meine schlechte Laune und meine Meinung zu all dem auf die Nerven. Wir sprechen kaum noch miteinander. Hat einfach keinen Sinn".
Ich mache eine kurze Pause.
„Du Toni, mir ist da etwas eingefallen und das lässt mir keine Ruhe."
Ich setze mich auf den Rasen. Ich bemerke, dass mein im Kreis-Gelaufe einen Trampelpfad in Nikolas' gepflegtem Rasen hinterlassen hat. Na toll, der nächste Stress ist vorprogrammiert, denke ich mir. Aber irgendwie wird jetzt sichtbar, wie ich mich aktuell fühle. Wie ein Tiger im Käfig, der nur noch im Kreis rennt.

„Du kannst dich doch sicherlich noch an den Onkel unseres gemeinsamen Ex-Schmusis erinnern, oder?"
Toni lacht.
„Oh Gott, erinnere mich bloß nicht daran."
„An was jetzt? Unseren Ex, den lieben Sven, oder seinen Onkel? Nee, jetzt mal im Ernst. Erinnerst du dich noch an den Typen? Mir will der Name nicht mehr einfallen, aber letztlich auch total egal."
Toni überlegt kurz. „Du, keine Ahnung. Mit seiner Verwandtschaft hatte ich nie so viel zu schaffen, aber schieß los. Bin gespannt."

Ich überlege kurz, wo ich anfangen soll.

„Du erinnerst dich doch sicherlich noch daran, dass Sven und ich in dem Jahr, in dem wir zusammen waren, den Winter auf dieser einsamen Skihütte in Österreich verbracht haben. Er hatte doch diese super Idee, einen auf Skihütten-Betreiber zu machen, und ich bin spontan mitgedackelt. Am Ende hab ich den halben Winter im Nirgendwo alleine verbracht, weil er beruflich schon wieder ganz woanders unterwegs war. Jedenfalls kamen in dieser Zeit so ziemlich alle Verwandten von ihm reingeschneit, um ihren Skiurlaub bei uns auf der Hütte zu verbringen. Unter anderem eben auch dieser besagte Onkel. Ich kann mich noch ganz genau an diesen einen Abend erinnern. Wir haben gemütlich bei einer Flasche Rotwein zusammengesessen und sein Onkel fing an über seinen „Job" zu erzählen.

Ich kann mich noch deshalb so genau daran erinnern, weil ich kurz zuvor das Buch *„Sakrileg" von Dan Brown* gelesen hatte und mir die ganze Zeit durch den Kopf ging, wie sehr dies dem Inhalt des Buches ähnelte.

Er erzählte, dass er zu den *Freimaurern* gehöre und dass er dort ein sehr hohes Amt bekleidet habe. Er sei lange der *Logenmeister* der *Loge* in seiner Heimatstadt gewesen und einige Zeit auch der *Großlogenmeister* von ganz Deutschland. Dieses Amt habe er aber nun vor kurzem abgelegt und sei jetzt quasi im Ruhestand.

Ich habe ihn damals gefragt, wie ich mir das vorzustellen hätte. Ob es ähnlich sei wie in diesem Buch. Ob es wirklich um alte Blutlinie ginge und wie man ein Freimauer werden könne.

Ich glaube, der Wein war Schuld und die familiäre Atmosphäre, denn sonst hätte er bestimmt nicht so locker drauf los geplaudert.

Er hat damals so einiges rausgehauen. Über Aufnahmerituale, bestimmte Grade, die man erreichen könne, Geheimnisse und altes Wissen, in das man je nach Höhe des erreichten Grades eingeweiht werden würde.
Alles total interessant und tatsächlich den Filmen, die man zu diesem Thema kennt, gar nicht so fremd. Was mich aber schockiert hat, war die Aussage, dass alles, was wir normale Menschen wahrnehmen, im Hintergrund durch diese Geheimbünde gelenkt werden würde.
Wir würden quasi nur ein *Schattenspiel* zu sehen bekommen. Einen Film.
Die „Schauspieler" seien unsere Politiker und Prominente, die man als Darsteller nutzen würde. Die eigentlichen Regisseure und Produzenten seien nicht sichtbar und agierten im Hintergrund. Alles, was passiert, sei nie zufällig und NICHT durch den wählenden Bürger entschieden.
Jeder einzelne Politiker in einem hohen Amt sei durch die Schattenspieler in Position gebracht und allein dadurch sei vorab der „Fahrplan" klar.
Die eigentlichen Entscheider auf unserem Planeten seien diese *Geheimbünde,* von denen es einige gäbe, sowie der *Vatikan.*
Diese Netzwerke agieren global. Die Annahme, Deutschland würde tatsächlich nur von Deutschen regiert, sei absolut falsch. Die Schattenspieler kämen von überall her," beende ich meine Erzählung. Ich mache eine Pause.
„Toni, bist du noch da?" frage ich, obwohl ich sie atmen höre.
„Ja, Lila, bin ich. Krasse Geschichte. An den besagten Onkel kann ich mich tatsächlich noch erinnern, aber ich fand Svens Familie ohnehin immer recht eigenartig.

Da passt dein Erlebnis hervorragend rein. Und irgendwie passt es auch in das Puzzle, das sich hier gerade vor unseren Augen nach und nach zusammenzusetzen scheint.
Hast du dazu mal weiter recherchiert?"
„Nein." antworte ich. „Nur das, was Wikipedia zu den Freimaurern ausspuckt. Aber ich schau mal ein bisschen im Netz rum und schick dir, was ich dazu finden kann."
„Cool, Lila, mach mal... was ich dich noch fragen wollte - Hast du Lust, nächstes Wochenende mit mir in den Osten zu fahren?
„In den Osten? Was ist denn da los", frage ich.
„Da findet in so `nem Oshodorf ein Treffen statt von Leuten, die alle ähnlich denken wie wir. Vor ein paar Tagen habe ich doch diesen Typen kennengelernt. Paul. Erinnerst du dich? Der wird auch da sein.
Er ist sehr aktiv in den alternativen Medien unterwegs und am kommenden Wochenende wollen er und sein Partner Horst live aus dem Thüringer Wald senden. Er hat mich dazu eingeladen und ich habe echt Lust hinzufahren. Ihn wiedersehen und schauen, wie man sich sonst noch so vernetzen kann. Aber allein...ich kenn den ja gar nicht wirklich. Und dir fällt zuhause doch auch die Decke auf den Kopf. Komm mal mit. Wird bestimmt lustig. So ´ne kleine Girlstour... wie früher."
Toni lacht vielsagend. Ich überlege kurz.
„Hmm, eigentlich eine schöne Idee", antworte ich. „Gib mir kurz Zeit, ich muss das mit Nikolas absprechen. Geht aber bestimmt klar. Ich war ewig nicht weg und kann eine kleine Auszeit wirklich gut gebrauchen. Ich geb dir später Bescheid, aber geh mal davon aus, dass es klappt. Girlstour, wie früher!"

SMS Lila:
Bin dabei!! Freu mich!
Anbei die versprochenen Links. ;)

SMS Toni:
MEEEEGAAAAA! Freu mich Puppe.
Das wird lustig.
Danke für die Infos.
Lass uns am Wochenende kurz die Welt retten ;)

*Die **Freimaurerei**, auch Königliche Kunst genannt, versteht sich als ein ethischer Bund freier Menschen (ursprünglich nur Männer) mit der Überzeugung, dass die ständige Arbeit an sich selbst zu Selbsterkenntnis und einem menschlicheren Verhalten führt.*
Die fünf Grundideale der Freimaurerei sind Freiheit, Gleichheit, Brüderlichkeit, Toleranz und Humanität. Sie sollen durch die praktische Einübung im Alltag gelebt werden. Die Freimaurer organisieren sich in sogenannten Logen.
Die Zahl der Freimaurer weltweit, soweit veröffentlicht, divergiert je nach Quelle stark. So nennt der SWR für das Jahr 2012 weltweit etwa fünf Millionen Mitglieder der Freimaurerei in allen ihren Ausprägungsformen, davon drei Millionen in den USA.
Für Deutschland liegen die Angaben zwischen 14.000 (2012) und 15.500 Mitglieder (2015). Die Zeitschrift der deutschen Forschungsloge
„Quatuor Coronati" geht von weltweit lediglich 2,6 Millionen Freimaurern aus.

Nach ihrem Selbstverständnis vereint die Freimaurerei Menschen aller sozialen Schichten, Bildungsgrade und Glaubensvorstellungen.
Die Konstitution (Alte Pflichten) der ersten Großloge wurde am 28. Februar 1723 im britischen Postboy öffentlich beworben und bildet die Grundlage der heutigen Freimaurerei.
Gemeinsam mit den Salons, den Lesegesellschaften und anderen Zusammenschlüssen der frühen Aufklärung bildeten die Logen in ganz Europa eine neue Form von Öffentlichkeit und trugen zur Verbreitung aufklärerischer Ideen bei.
Freimaurer haben sich der Verschwiegenheit und insbesondere dem Grundsatz verpflichtet, freimaurerische Bräuche und Logenangelegenheiten nicht nach außen zu tragen (Arkanprinzip, Verschwiegenheitspflicht).
Dies soll intern den freien Ideen- und Meinungsaustausch ermöglichen.
Freimaurer erkennen einander an bestimmten, geheimen Symbolen und Ritualen. Manche Mitglieder bekennen sich öffentlich dazu, einer Loge anzugehören; andere halten sich lieber bedeckt. Sind die Freimaurer ein Geheimbund, der Verschwörungen aushexkt? Nein, sagen die Experten. Die Freimaurer selbst verstehen sich als einen ethischen Zusammenschluss, der für Toleranz und Menschlichkeit steht.

Bei einigen Freimaurer-Systemen spielten die Templer eine Rolle
Grundsätzlich sind die meisten Rituale durch einschlägige Literatur zugänglich.
Die Zeremonien und die Alten Pflichten der spekulativen Freimaurerei werden auf Gebräuche und Unterlagen historischer Steinmetzbruderschaften zurückgeführt, so auf das

Regius-Manuskript aus dem Jahr 1390 und das Cooke-Manuskript aus dem 14. und 15. Jahrhundert.

Freimaurer treffen sich zu ritueller „Tempelarbeit".
Die geschlossene rituelle Versammlung der Freimaurer wird als Tempelarbeit bezeichnet und verfolgt das Ziel einer freimaurerischen Sozialisation. Es vermittelt dem Einzelnen durch eine überlieferte Methode die freimaurerischen Werte durch Symbole und Allegorien, wobei Verstand und Gefühl gleichermaßen angesprochen werden sollen. Der Freimaurer wird dabei nicht auf religiöse Inhalte oder metaphysische Glaubenssätze verpflichtet
Die Freimaurerei bedient sich in den Ritualen des Begriffs des Allmächtigen Baumeisters aller Welten. Dieses Konstrukt ist ein Symbol, das dem persönlichen Glauben eines jeden Bruders vorbehalten bleibt. Diese Formel ist in den ältesten Ritualbüchern unbekannt und trat erst im Dumfries Kilwinning MS. Nr. 4 auf.
Zum Ritual kann ein Vortrag mit freimaurerischen Bezügen gehören. Während der Tempelarbeit besteht eine meditative Atmosphäre. Eine Diskussion des Vortrages findet im Tempel nicht statt. Das Thema kann aber bei einer anschließenden „Tafelloge" ungezwungen weiterbesprochen werden. Nach außen wirken Freimaurer auch durch karitative Arbeit und Förderung von Bildung und freiheitlicher Aufklärung. Zwei der bekanntesten freimaurerischen Symbole sind Winkel und Zirkel (in Amerika mit dem zentralen Buchstaben „G", welcher oft für die allgegenwärtige Geometrie steht).
Ziele und Werte der Freimaurerei leiten sich ihrem Selbstverständnis zufolge aus der Tradition mittelalterlichen Steinmetzbruderschaften ab.

Einen wichtigen Teil ihrer Symbole entnahmen Freimaurer der Bauhüttenkultur mit ihren sorgfältig gewahrten Werkgeheimnissen. Je nach Großloge bekennen sich viele Freimaurer zu einem Schöpfungsprinzip, das sie den Allmächtigen Baumeister aller Welten nennen.
Symbole vermitteln gemeinsame Werte und Ideen. Die Weltbruderkette symbolisiert internationale Verbundenheit und die Brüderlichkeit aller Menschen.
Das ursprünglich zum Schutz der Werkgeheimnisse gegebene gegenseitige Versprechen zur Verschwiegenheit dient nicht der Geheimniskrämerei, sondern soll die Privatsphäre sichern. In Diskussionen ist Streit über politische und religiöse Gegenstände verpönt. Ebenso sind Freimaurer zum Respekt vor den Gesetzen des eigenen Landes verpflichtet. Der Sitz der Logen, ihre Vorsitzenden und ihre Satzungen sind bekannt, ihre Schriften und Beschreibungen von Ritualen der Freimaurerei sind für jeden in Stadtbibliotheken und Archiven öffentlich zugänglich und sind daher im Gegensatz zu verschwörungstheoretischen Darstellungen kein „verschwörerischer Geheimbund" im Sinne einer konspirativ-politischen Untergrundtätigkeit.
Für die Verbreitung der Freimaurerlogen in Europa war das Gedankengut der Aufklärung wichtiger als das Anknüpfen an die alte Bauhüttentradition.
Im 18. Jahrhundert, also im Zeitalter des Absolutismus, war die Freimaurerei die einzige Institution, die sich dem absoluten Herrschaftsanspruch des Staates und der Trennung der Stände entziehen konnte.

Die Staatsgewalt hatte die Realisierung der moralischen Ansprüche des Bürgers in die Privatsphäre zurückgedrängt. Infolge dieser erzwungenen Trennung von politischer Gewalt und privater Moral mussten sich die Freimaurer, die sich vor allem ihren moralischen Werten verpflichtet fühlten, von den Institutionen des Staates und der Kirche trennen, sich über die Vorurteile der angeborenen Standeszugehörigkeit, Religion und Nationalität hinwegsetzen und auf einen von ihnen zu gestaltenden Innenraum beschränken, in dem sie sich über gesellschaftliche Trennungen hinwegsetzen können und den sie durch ihre Schweigsamkeit schützten.

Dadurch wurden sie von einer zunächst unpolitisch-moralischen Gruppierung zu einer moralischen Gegengewalt gegen den absolutistischen Staat.

Dass Freiheit und Gleichheit im Geheimen gepflegt werden musste, war ein fast allgemeines Merkmal des späten Absolutismus.

Der Großteil der freimaurerischen Werte entstammt also eindeutig dem Zeitalter der Aufklärung, auch wenn die Aura des Geheimnisses dazu führte, dass Gedanken aus der Alchemie und andere Geheimwissenschaften und Rituale Einzug in die Logen hielten.

Im Folgenden werden die fünf Grundpfeiler der Freimaurerei dargestellt:

Freiheit, Gleichheit, Brüderlichkeit, Toleranz und Humanität.

Quelle: Wikipedia

 # Blauer Morphofalter

Ich liege in meinem Bett. Es ist kurz vor Sonnenaufgang und ich bin schon wach. Die Vögel sind noch nicht zu hören und ich spüre, wie ein leichter Wind durch das geöffnete Fenster ins Zimmer weht.
Komisch, normalerweise müsste man um diese Zeit schon die Amseln, Drosseln und Rotkehlchen hören, die ihr morgendliches Lied anstimmen.
Heute sind sie stumm.
Ich liege auf dem Rücken und schaue mich im Zimmer um. Es ist nicht wirklich hell, aber auch nicht mehr wirklich dunkel. Ich atme ruhig und ich denke an nichts. Auf einmal bewegen sich die Gardinen und ich sehe, wie etwas durch das geöffnete Fenster ins Zimmer fliegt. Ich denke im ersten Moment, dass es ein kleiner Vogel ist, als ich allerdings genauer hinschaue, erkenne ich einen Schmetterling.
Einen Schmetterling, wie ich ihn noch nie bei uns gesehen habe. Er ist ungefähr handgroß und in einem leuchtenden Petrolblau. Er flattert durch den Raum, steigt hoch zur Decke, kommt dann aber immer näher.
Ich versuche mich ganz langsam aufzurichten, um ihn besser sehen zu können, aber es geht nicht. Irgendetwas hält mich zurück. Ich versuche meine Arme zu bewegen, die unter der Bettdecke liegen, aber sie sind wie festgeklebt. Die Decke spannt sich fester über meinen Körper und es fühlt sich an, als würde jemand oder vielmehr ETWAS mich fixieren.
Mir wird kalt. Der Schmetterling kommt immer näher. Inzwischen flattert er über meinem Kopf und meinem Gesicht herum und ich kann ihn zunehmend deutlicher

erkennen. Ich merke, wie Panik in mir aufsteigt. Ich versuche, mich unter der Bettdecke zu befreien, aber der Druck wird immer stärker.
Der Schmetterling ist inzwischen ganz nah. Um ihn herum bildet sich ein feiner blauer Ring, ähnlich einer Aura, die ihn umschließt. Ein zweiter Kreis bildet sich und es entsteht ein Sog direkt vor meinem Gesicht, der von den Kreisen auszugehen scheint.
Eine blaue Spirale, die mich in ihre Richtung ziehen möchte. Im Zentrum dieses Soges befindet sich der blaue Falter. Plötzlich verharrt er in seiner Bewegung und scheint inmitten der Spiralen stehen zu bleiben. Der Sog wird immer stärker und der Schmetterling beginnt seine Konturen zu verlieren.
Ich kralle mich am Bettlaken fest, versuche mich gegen die Spirale zu stemmen und bekomme es immer mehr mit der Angst zu tun.
Ich biete alle meine Kräfte auf, merke wie jeder Muskel meines Körpers sich anspannt und versuche, dem Sog zu entkommen!
Endlich lässt er nach! Die Bettdecke löst sich und ich kann meine Arme befreien.

Ich wache auf!

Mein Herz rast. Ich spüre noch immer die Anspannung in meinem Körper. Das Zimmer sieht genauso aus wie zuvor im Traum, der Schmetterling ist verschwunden, aber ich spüre noch immer seine Energie im Raum. Als wäre er, als wäre ES noch da.
Langsam komme ich wieder zu Ruhe. Mein Herzschlag wird langsamer und die Angst fällt von mir ab. Ich setzte mich auf und versuche, normal zu atmen.

Die Morgendämmerung beginnt und ich höre die Vögel im Garten zwitschern.

Was für ein Traum!

Ich strecke mich und überlege, ob ich noch eine Stunde weiterschlafen soll, entscheide mich aber dagegen. Der Traum war zu aufwühlend und ich wollte heute ohnehin früh aufstehen. Es ist Freitagmorgen. Heute starten Toni und ich in unser gemeinsames Wochenende.

 # The walking Dead

Morgens halb zehn in Deutschland. Irgendwo auf der Autobahn in Richtung Thüringer Wald. Eine Zimtschnecke in der rechten Hand, einen miesen Raststätten Coffee-to-go in der linken und aus den Lautsprechern des Autos trällert uns *Sarah Connor „Bedingungslos"* entgegen. Ich habe es mir auf dem Beifahrersitz bequem gemacht. Toni ist heute der Kapitän.
Die Stimmung ist top. Endlich wieder raus - wieder etwas erleben. Die Autobahn ist auffällig leer. Kein Wunder. Die meisten Menschen sitzen noch immer verängstigt zu Hause und fürchten den unsichtbaren Feind.
Uns ist es egal. Wir genießen die freie Fahrt und freuen uns auf ein entspanntes Mädelswochenende.

Mein Traum von der vergangenen Nacht ist schon wieder vergessen und ich genieße die Landschaft, die an meinem Fenster vorbeizieht. Die Sonne scheint und wir fühlen uns endlich wieder frei!
Toni und ich singen laut *Sarah´s* Song mit!!

„Oh Lila, ich freu mich so. Was meinst du, wie wird das Treffen mit Paul?
Wir hatten in den letzten Tagen leider nicht viel Kontakt. Und wenn, dann war es recht sachlich, informativ, knapp. Halt die Dinge besprochen, die heute für den Dreh wichtig sind. Aber irgendwie…hach…ich bin total nervös. Irgendwas ist da zwischen uns. Etwas ganz, ganz Besonderes. Ich spür' das."
Toni strahlt über das ganze Gesicht.

Ich freue mich für sie, muss aber direkt an meine eigene Situation zuhause denken.

Ich lebe den Klassiker. Verheiratet, ein Kind, Haus, Hund, Verpflichtungen, Alltag. Wahrscheinlich lebe ich noch die glückliche Version dieses Standart-Models, aber happy bin ich schon lange nicht mehr.
Nikolas und ich verstehen uns bestens. Wir haben uns vor 8 Jahren in Hamburg kennengelernt und sofort in einander verliebt.
Es ging alles recht schnell. Unser Sohn war schon nach einigen Wochen Beziehung unterwegs und unser Glück schien perfekt. Wir heirateten und zogen mit unserem Kind ins eigene Haus aufs Land, zurück in mein Heimatdorf. Die ersten Jahre schienen wir die perfekte Bilderbuchfamilie zu sein. Wir legten unseren Garten an, bauten weiter an unserem Traumhaus herum und alles in scheinbar perfekter Harmonie.
Aber irgendwas ist immer.
Die Zeit zog weiter ins Land und irgendwo zwischen Kindergeschrei, Alltagssorgen, Verpflichtungen und Frust ging die Leidenschaft verloren. Nicht, dass wir anfingen uns zu streiten, wie es so viele Paare tun. Nein, es war einfach „nur" die Liebe, die starb. Wir funktionierten als Eltern und als Freunde, aber um glücklich zu sein und zu bleiben, reicht das eben leider nicht.
Wir lebten uns auseinander, entwickelten unterschiedliche Interessen und sprachen kaum noch über andere Dinge außer den Themen rund um unseren Sohn Max und die alltäglichen Problemchen rund um Haus und Kind.

Nach vielen unruhigen Nächten mit Max im gemeinsamen Schlafzimmer, zog Nikolas irgendwann in sein Arbeitszimmer und blieb dort.

Unsere Beziehung war in der Sackgasse gelandet und „dieses Virus", verbunden mit den ganzen Restriktionen, die unser Leben einschränkten, gab uns nun den Rest.

Nikolas fuhr nicht mehr in sein Büro nach Hamburg und arbeitete jetzt durchgehend im Homeoffice.

Ich musste mein Studio schließen und hatte mehr Freizeit, als für mich gut war. Frust, Aggression, Langeweile und zwei völlig unterschiedliche Sichtweisen auf die aktuelle Situation trieben uns immer weiter auseinander. Er hielt mich inzwischen für völlig übergeschnappt und unvernünftig. Die Informationen in den klassischen Medien seien schon richtig und wie ich darauf käme, zu glauben, dem sei nicht so.

Ich solle mich nicht zu tief in diese Verschwörungstheorien hineinhängen und nicht jeden Schwachsinn glauben, den man mir zuschicken würde.

Zwar nahm auch Nikolas war, dass die gelebte Realität mit der gezeigten Wirklichkeit in den Nachrichten nicht übereinstimmte, aber das wäre eben bei uns auf dem Dorf auch kein Wunder. Wir seien eben kein Hotspot und könnten uns daher glücklich schätzen, so gut davon zu kommen.

Er begrüßte meine Reise mit Toni. Diese Auszeit würde uns allen ganz guttun.

Ihm, mir, uns!

Toni setzt den Blinker und wir verlassen die Autobahn.

Trotz knapp 30 Jahren Einheitsdeutschland, kann man noch immer den DDR-Charme spüren.

Graue Fassaden und Plattenbau. Überreste einer vergangenen Zeit.
Die Straßen sind eng und Toni düst flott mit ihrem SUV um die Ecken. Offensichtlich kann sie es nicht erwarten anzukommen. Nach weiteren 30 Minuten haben wir es endlich geschafft und biegen in die Zielstraße ein. Gut so, mir tut schon langsam der Hintern weh und meine Nerven liegen blank. Bei Toni's Fahrstil auf den engen kurvigen Straßen bremst man als Beifahrer fleißig mit. Daher bin ich mehr als froh, als endlich die Zielfahne im Navi auftaucht.

Toni hat uns ein Hotel gebucht. „Für alle Fälle! Abenteuer hin oder her. Ich kenn' die Location nicht und was uns da genau erwartet. Osho-Kommune mit einem Klo für alle und Gemeinschaftsdusche ist nix für mich. Abenteuer ok, aber bitte mit Sicherheitsnetz. Alles kann, nichts muss." Toni lacht.

Wir biegen in die letzte Kurve ein und da ist es. Ein Familien-Sporthotel im typischen DDR-Plattenbau-Stil, das seine besten Jahre schon lange hinter sich hat. Der riesige Parkplatz ist bis auf drei weitere Fahrzeuge leer und unterstreicht die morbide Stimmung.
Insgesamt wirkt alles ein bisschen wie in *„The Walking Dead"*. Wir scheinen die letzten Überlebenden einer großen Zombie-Apokalypse zu sein.

„So Puppe, der Plan ist wie folgt", startet Toni den Vortrag ihrer Agenda. „Wir checken jetzt ein und sind gegen 15 Uhr mit Paul und Horst verabredet. Wir fahren dann alle gemeinsam rüber in die Location."
Toni wirft schnell einen Blick auf ihr Smartphone.

„Japp, läuft. Paul schreibt grad, dass sie in knapp zwei Stunden hier sind".
„Top, dann haben wir ja noch Zeit, irgendwo einen Happen zu essen", ergänze ich unseren Zeitplan. „Ich habe tierischen Hunger und wer weiß, wann es wo was zu futtern gibt."
Wir schnappen uns unsere Koffer und gehen in Richtung Hotel.
Durch zwei Glastüren, die typisch für diese Art von Familienbunker sind, betreten wir die große Lobby.
Der erste äußere Eindruck setzt sich auch hier fort. Alles scheint ein wenig in die Jahre gekommen zu sein und wirkt irgendwie abgeliebt.
Links von uns befindet sich die Rezeption, rechts von uns scheint das Restaurant zu sein. Ein paar lieblos zusammengewürfelte Tische und Stühle mit einer Kerze und einer halbtoten Primel wirken nur semi-einladend. Nur einer der hinteren Tische ist mit einer kleinen Gruppe Menschen besetzt.
Direkt neben der Rezeption entdecke ich eine Bar. Hier geht es etwas gemütlicher zu. Nicht modern, nicht chic, aber irgendwie einladender und in sich stimmig. Wir folgen den mit Klebeband auf dem Fußboden angebrachten „Wegweisern". Seit kurzem wird uns so ziemlich überall „der Weg gewiesen".
„Links rein, rechts raus!" Und bitte IMMER ABSTAND halten!
Wir müssen uns an der Rezeption in ein Formular eintragen. Die hierfür vorgesehenen Kugelschreiber sind in zwei Gläsern bereitgestellt. Das linke Glas trägt einen Aufkleber mit einem Smiley, das rechte Glas ist mit einem traurigen Smiley dekoriert.

Ok, das heißt wohl links SAUBER, rechts KONTAMINIERT.
Toni und ich werfen uns einen amüsierten Blick zu.
Eine wenig motiviere Mitarbeiterin des Hotels schiebt uns unsere Zimmerkarten aus ihrer mit Plexiglas abgeriegelten (und so für das „Virus" undurchdringbaren) Rezeption rüber.
Ob sie lächelt oder nicht, können wir nicht erkennen - sie trägt einen Mundschutz. Das wenig kleidsame „Must-Have" dieser Tage. Wir schnappen uns unsere Karten und marschieren in Richtung unseres Doppelzimmers. Kurz frisch machen, Handy aufladen und dann ab ins Restaurant, um einen Happen zu essen.

Die Karte im Lokal ist schnell studiert.

Strammer Max
Soljanka
Würzfleisch
Wiener Würstchen
Toast Hawai

Toni ist zu nervös, um etwas zu essen. Sie bestellt sich nur einen Cappuccino und ein Wasser. Ich versuche das Toast Hawaii und nehme eine Cola dazu. Wenn schon, denn schon.

Während ich auf meinem Weizentoast mit Dosenananas, Formschinken und Industriekäse herum nage, schaut Toni alle 30 Sekunden abwechselt auf ihr iPhone oder die Eingangstür des Hotels. Wir haben uns natürlich strategisch gut positioniert, so dass wir alles im Blick behalten können.

„So, nun erzähl bitte noch einmal genau, was wir hier eigentlich vorhaben, außer deine Flamme zu treffen", zwinkere ich Toni zu.

Toni lacht. „Also, wir sind hier und treffen einfach ein paar interessante Menschen, die aktuell ähnlich drauf sind wie wir.

Paul und Horst, der ältere Herr, mit dem er täglich live im Netz auf Sendung geht, senden heute aus dem *Oshodorf*, in das wir gleich alle zusammen fahren. Wer da alles noch aufschlagen wird, weiß ich nicht im Detail. Es wird auf jeden Fall eine spannende Mischung werden. Und ich möchte dieses Treffen nutzen, um zu schauen, wie wir uns alle noch besser connecten können.

Irgendwas muss sich tun, Lila. So ist das doch nicht mehr auszuhalten. Wenn das wirklich alles ein großer Fake ist, dann drehen DIE bald ab."

Toni nickt in Richtung der kleinen 6er Gruppe am Nachbartisch, die schon bei unserer Ankunft im Hotel dasaßen. „Die sind doch alle komplett im Lummerland. Schau dir deinen Nikolas an. Der stellt auch nichts in Frage."

„Ja Toni, WENN es stimmt."

Toni verstummt und fängt an zu strahlen. Ich folge ihrem Blick in Richtung Hoteleingang.

Ein älterer, etwas grummelig dreinblickender Herr um die siebzig mit vollen weißen Haaren, gefolgt von einem großen Mann um die Vierzig in Cargohose, Strickpulli und Basecap betreten das Hotel.

Das müssen Horst und Paul sein.

Liebe sollte wie Atmen sein

*„Du trägst einen grundlegenden Trugschluss in dir,
und der ist,
dass du immer jemanden geliebt hast.
Eines der wichtigsten Dinge bei allen Menschen ist:
Ihre Liebe gilt immer jemand anderem, sie ist an jemanden gerichtet. Und in dem Moment, in dem du deine Liebe an jemanden richtest, zerstörst du sie.
Es ist so, als würdest du sagen:
Ich werde nur für dich atmen, aber wenn du nicht da bist, wie kann ich da atmen?
Liebe sollte wie Atmen sein.
Sie sollte eine Qualität in dir sein, wo auch immer du bist, mit wem auch immer du zusammen bist. Selbst wenn du allein bist, deine Liebe fließt über.
Es geht nicht darum, in jemanden verliebt zu sein, es geht darum, Liebe zu sein."*
Osho

 # Osho und die Truther

„Ich würde jetzt auch einen Cappuccino nehmen", richte ich mich an den weiß behandschuhten Kellner mit farblich abgestimmtem Mundschutz.
Irgendwie muss ich an einen „stummen Diener" denken. Ist zwar etwas völlig anderes, aber als Kind habe ich mir einen „stummen Diener" exakt so vorgestellt.
Wir haben die Location gewechselt. Nach einer kurzen Begrüßung, dem gleichen Eincheck-Prozedere (guter Kugelschreiber links, böser Kugelschreiber rechts) und einem flotten „Frisch machen" sitzen wir nun in der plüschigen Hotel-Bar.
Ich habe es mir auf einem Loriot-Sofa gemütlich gemacht und beobachte amüsiert den Balztanz der beiden Turteltauben Toni und Paul.
Der Versuch, ein Gespräch mit Horst anzufangen, scheitert prompt. Er gibt sich mit einer Portion Würzfleisch zufrieden und zeigt offensichtlich wenig Interesse an einer zusätzlichen Konversation.
Nun denn, auch ok. Sehr lange werden wir hier bestimmt nicht rumsitzen. Laut Toni's Checkliste sollten wir zeitnah in Richtung Oshodorf aufbrechen.
Ich nutze die Gelegenheit und google ein bisschen zum Thema *Osho* herum.

„Rajneesh" Chandra Mohan Jain(* 11. Dezember 1931 in Kuchwada, Madhya Pradesh, Indien; † 19. Januar 1990 in Pune, Maharashtra, Indien) war ein indischer Philosoph und Begründer der Neo-Sannyas-Bewegung.
Osho *verwendete im Laufe seines Lebens verschiedene Namen. Die Annahme derartiger Namen entspricht indischen Gepflogenheiten und ergibt sich im dortigen Kulturbereich als Konsequenz aus der Aufnahme einer spirituellen Lehrtätigkeit. Seine Namen können folgendermaßen in seine Biographie eingeordnet werden:*

- *Chandra Mohan Jain war sein bürgerlicher Name.*
- *Rajneesh war ein Spitzname, den er in seiner Kindheit erhielt.*
- *Acharya Rajneesh nannte er sich Mitte der 1960er bis Anfang der 1970er Jahre. Acharya bedeutet „Lehrer", auch „spiritueller Lehrer" oder „Professor".*
- *Bhagwan Shree Rajneesh oder kurz Bhagwan nannte er sich von Anfang der Siebzigerjahre bis Ende 1988. Letztere Bezeichnung steht übertragen für Erhabener, Gesegneter, Liebenswerter sowie Verehrungswürdiger oder allgemeiner spiritueller Meister. Shree (auch Shri oder Sri) dient in Indien als alltägliche Anrede, ähnlich wie „Herr" im Deutschen.*
- *Osho wurde er im letzten Jahr seines Lebens genannt, von Anfang 1989 bis zu seinem Tod am 19. Januar 1990. Osho ist ein Titel im Zen-Buddhismus, der eigentlich „Mönch" oder „Lehrer" bedeutet und auch der Würdename von Bodhidharma war. Der Name wurde Osho von Schülern vorgeschlagen, weil er in verschiedenen Zen-Geschichten aufgetaucht war, die Osho kommentiert hatte.*

Selten hat ein Guru so kontroverse Gefühle hervorgerufen – von bedingungsloser Hingabe bis zu tiefem Misstrauen: Osho war ein facettenreicher Mensch, der mit seiner Aura und Worten in den Bann zog. Bis heute gibt es über ihn nicht die „eine Wahrheit".
Die Meinungen seiner Kritiker und Bewunderer könnten nicht weiter auseinander gehen. Die einen sehen Osho als Sex-Guru, die anderen als inspirierenden Philosophen.
Er wurde als Sektenführer bezeichnet, als spiritueller Meister, gern auch als Rolls-Royce-Guru, Reformist, Mystiker oder Erleuchteter. In den USA wurde er verhaftet, die evangelische Kirche betitelte ihn als „Droge Bhagwan" und bis 1980 distanzierten sich die meisten Inder noch vehement von ihm – heute jedoch stehen seine Bücher in der Bibliothek des indischen Parlaments neben denen von Mahatma Gandhi.
Quelle: Wikipedia

Yeah, das kann ja lustig werden. Ein Haufen Verschwörungstheoretiker zu Gast bei einer Sexguru-Sekte im Thüringer Wald. Perfekte Voraussetzungen für ein 1a Abenteuer. Wenn ich mir allerdings den grummeligen Horst und Romeo und Julia so anschaue, weiß ich noch nicht genau, wo mein Platz in diesem Quartett sein soll.
Sehr viel Zeit zum weiteren Orakeln bleibt mir aber nicht. „So Mädels, wir sollten dann mal los. Wenn wir heute Abend pünktlich auf Sendung gehen wollen, müssen wir uns langsam auf die Strümpfe machen", sagt Paul und lächelt Toni dabei an. Sie grinst wie ein Honigkuchenpferd zurück.
Ich sehe mich jetzt schon alleine heute Nacht in unserem Doppelzimmer. Die Nummer ist so was von klar. Zehn Minuten später sitzen wir wieder in Toni's weißem

SUV. Paul und Horst fahren in ihrem eigenen Auto vor uns her, das bis unters Dach mit Equipment vollgestopft ist.

„Boah Lila, ist Paul nicht süüüüß", flötet Toni mir ins Ohr.

„Ja, so was von meeeeega süß. Mann, Toni, das ist ja kaum auszuhalten. Gegönnt von Herzen, aber ich hoffe, das geht jetzt nicht das ganze Wochenende so. Ein bisschen Mädelszeit wie geplant wäre schon ganz toll."

Ich weiß, es ist etwas egoistisch von mir, aber die ganze Zeit Toni beim Flirten zu beobachten, war nicht mein Plan für die nächsten zwei Tage.

„Keine Sorge Puppe, da kommen noch genug interessante Leute. Versprochen!" Sie zwinkert mir zu.

„Aber jetzt sag doch mal, Paul ist doch echt toll, oder"!

„Jaaaaaahaaaaa"! antworte ich ein klein wenig genervter, als es eigentlich klingen sollte.

Vor uns setzt Paul den Blinker. Wir scheinen angekommen zu sein.

Von der Straße aus ist nicht viel zu erkennen. Nur ein großes marodes Gebäude, das einem alten Bahnhof ähnelt und ein weißes, etwas in die Jahre gekommenes Eisentor, das windschief in den Angeln hängt.

Vor der Einfahrt befindet sich eine freie Fläche, die wir für uns als Parkplatz nutzen. Der Weg auf den Hof ist unbefestigt und matschig.

Ich schaue auf meine Schuhe. Weiße Designer-Sneaker, die ich erst vor kurzem als Onlineschnapper ergattert habe. Dazu trage ich eine sommerliche Jeans, einen leichten Strickpullover und eine dünne Designer Jeansjacke. Toni bemerkt meinen Blick.

Sie ist wie immer ganz sportlich praktisch und ohne viel Chichi gekleidet.

„Na Puppe, das wird wohl nix mit deinen Schühchen", sagt sie und grinst.

„Ich habe noch ein Paar feste Schuhe dabei. Kannst du gerne anziehen."

Sie dreht sich um und kramt hinter ihrem Sitz ein paar olivgrüne Wanderstiefel hervor. „Größe 41. Wird schon gehen", zwinkert sie mir zu. „Warst wohl noch nicht so oft auf Festivals und Outdoor-Treffen, was? Ich kenn' das noch aus meiner Zeit mit meinem Buddi-Ex. Da waren wir regelmäßig bei solchen Veranstaltungen."

Ich schaue Toni leicht fragend an.

„Ey, du hast was von einem Treffen und einer Livesendung erzählt. Dass das mitten in der Wildnis stattfindet, hast du nicht gesagt. Zum Glück haben wir noch das Hotelzimmer. Aber passt schon. Ich bin ja nicht aus Zucker."

Ich schnappe mir die Stiefel und schlüpfe hinein. Zwei Nummern zu groß. Aber bei meinem erneuten Blick auf den matschigen Weg wohl meine einzige Hoffnung auf trockene und warme Füße.

Wir steigen aus und machen uns auf den Weg in Richtung Hofeingang.

Paul ist schon vorgegangen und versucht sich am Öffnen des Tores. Eine selbstgebastelte Konstruktion macht dies schwerer als gedacht, aber letztlich klappt es und wir betreten das Osho-Gelände.

Horst folgt uns in einem gewissen Abstand. Er scheint ganz mit sich selbst und seiner Zigarette beschäftigt zu sein, die er sich direkt nach Verlassen des Autos angesteckt hat.

Der Hof gleicht einer Villa Kunterbunt. Links von uns das Hauptgebäude, das einen sehr renovierungsbedürftigen Eindruck macht. Überall kleinere und größere Baustellen. Arbeitsmaterial, Werkzeuge, Eimer, Autoreifen, alles wild durcheinander.

Über das ganze Gelände, das riesig zu sein scheint, sind verschiedene Behausungen verteilt. Ein Bauwagen, eine Gartenlaube, ein Wohnwagen, ein Tippi.
Von allem irgendwie etwas dabei. Im Zentrum der Anlage befindet sich eine große Feuerstelle mit mehreren zusammengewürfelten Sitzgelegenheiten sowie ein kleiner Teich. Das ganze Areal ist sehr naturbelassen. Bäume, Sträucher, Gräser, Blumen - alles wild durcheinander und irgendwie doch strukturiert. Ich nehme ein Rauschen war. Irgendwo muss ein Bach oder kleiner Fluss sein.
Toni, wieder ganz die Macherin, schreitet mit großen Schritten voran. Sie hat das Zepter übernommen und sucht unseren Ansprechpartner und Verbindungsmann zu dieser Lebensgemeinschaft. Er heißt Micha, ein Mann Ende Vierzig, der seit vielen Jahren hier in der Osho-Gemeinschaft lebt und uns stellvertretend für alle Bewohner hier im Dorf willkommen heißt.
Er zeigt uns im Schnelldurchlauf die wichtigsten Örtlichkeiten (es gibt tatsächlich einen kleinen Fluss), die Location, an der später gedreht wird, und stellt uns den anderen Bewohnern vor.
Kurz geht er auf die Regeln ein, die hier an der Tagesordnung sind.

- Respektvoller Umgang miteinander,
- keine Vorschriften (alles wird bis zuletzt diskutiert / besprochen, bis jeder sich verstanden und ABGE-HOLT fühlt),
- wenn möglich wenig das Handy benutzen (wegen der Frequenzen) und BITTE
- keine Kippen auf dem Gelände.

Toni ist voll in ihrem Element. Sie wirbelt durch die Gegend und kommuniziert mit allen und jedem. Ich laufe ein wenig verloren hinterher. Aber das ist ok.
Es wird Zeit, die geplante Sendung heute Abend vorzubereiten. Paul und Horst entscheiden sich für einen Platz direkt am Fluss. Micha ist davon nicht sehr angetan, da es sich um einen „energetisch wichtigen Punkt" handeln würde, der bitte nicht „verunreinigt" werden darf. Aber ein paar Augenaufschläge und drei schlaue Sätze später hat Toni es geschafft und Micha gibt sein OK.
Paul scheint sehr beeindruckt von Toni's Power und ihrem Durchsetzungsvermögen. Und ich muss gestehen, dass ich es auch bin.
Hand in Hand, obwohl sie sich kaum kennen, arbeitet das neue Dreamteam zusammen und richtet das Set für die Sendung ein. Immer wieder tauschen sie kleine verliebte Blicke aus und das Knistern ist für jeden spürbar.
Ich fühle mich ein wenig überflüssig und ziehe mich zurück. So spannend das alles auch ist und so sehr ich mich über die Abwechslung freue, fühle ich mich doch etwas fehl am Platz.
Ich entferne mich ein bisschen vom Ort des Geschehens und setze mich auf eine Bank etwas abseits.

Von hier aus habe ich einen guten Blick auf das bunte Treiben. Inzwischen sind etwa 15 Leute anwesend. Die meisten von ihnen finden sich in einer Outdoor-Küche nahe der Feuerstelle ein. Toni, Paul und Horst wuseln an ihrem Set herum. Micha pendelt zwischen allen hin und her und versucht, die Übersicht zu behalten. Ich weiß nicht warum, aber mich beschleicht ein Gefühl der Einsamkeit. Vielleicht ist es dieser fremde Ort, das Geturtel von Toni und Paul oder einfach die Tatsache, dass ich mir hier so völlig deplatziert vorkomme.

Ich schaue über das Gelände und bemerke, dass sich am Hoftor etwas tut.
Das, was ich da zu sehen bekomme, möchte so gar nicht in die Szenerie passen.
Über den Matschweg rollt lautlos ein schwarzer Tesla mit Wiener Kennzeichen und parkt nur unweit von der kleinen Dreiergruppe entfernt.
Die Fahrertür geht auf und ein kleiner dunkelhaariger Mann Ende Vierzig steigt aus. Ich sehe sofort erfreut, dass auch er ähnlich wie ich nicht optimal gekleidet ist. Kaschmir-Pullover, helle Leinenhose und feine Wildlederslipper. Da wusste wohl noch einer nicht, was hier genau abgeht, denke ich mir.
„Hey Toni", ruft er und geht langsam auf sie und Paul zu.
Toni, die das Auto bisher gar nicht wahrgenommen hat, dreht sich herum, lässt alles stehen und liegen und läuft auf den Neuankömmling zu. Sie fallen sich in die Arme wie alte Freunde, die sich ewig nicht gesehen haben.
 „Lila, komm mal rüber", ruft sie mir zu. „Ich möchte dir Kai vorstellen."

Ich überlege. Kai, Kai, Kai...ach ja, da war was. Toni hatte mir auf der Herfahrt von einem Kai erzählt. Ein Typ, den sie vor kurzem über einen Infokanal kennengelernt hat.
Er ist Unternehmer aus Wien, der in der *„Truther-Szene"* verschiedene Projekte finanziell unterstützen würde.
Ich setze mich in Bewegung, um Kai zu begrüßen.
Wir geben uns kurz die Hand. Während wir ein paar Oberflächlichkeiten austauschen, bemerke ich im Augenwinkel, dass noch eine weitere Person aus dem Auto aussteigt.
„Toni, ich habe noch einen Überraschungsgast mitgebracht", sagt Kai und grinst über das ganze Gesicht.
Als Toni Mr. Surprise entdeckt, hüpft sie direkt freudig auf ihn zu.
„Hey, wie cool ist das denn! Das ist ja eine Überraschung." Beide fallen sich in die Arme.
Mr. Surprise ist jünger und größer als Kai und optisch das komplette Gegenteil.
Jeans, Sneaker, schwarzer Hoodie und Glatze.
„Lila, das ist Ben!", strahlt Toni mich an. Als sie merkt, dass ich nicht weiß, wer Ben ist, legt sie nach. „Ben von Ben WhatEver?!".
„Ach, wie cool", sage ich und habe dabei keinen blassen Schimmer, wer Ben ist.

*Als **Truther** bezeichnen sich Menschen, die glauben, eine geheime Wahrheit hinter den durch Medien und Politik verbreiteten Informationen zu kennen. Bekannt wurde der Begriff vor allem in Verbindung mit den sogenannten 9/11-Truthern, die hinter den Anschlägen auf das World Trade Center in New York eine durch den Staat inszenierte Aktion vermuteten, auch False Flag Operation genannt. Truther wird oft synonym mit dem Wort Infokrieger verwendet. Beide haben gemeinsam, dass sie es als Aufgabe sehen, die Öffentlichkeit über die Wahrheit aufzuklären und ihnen die Missinformation durch Mainstream-Medien, Politik und/oder Eliten, die im Hintergrund das Weltgeschehen kontrollieren, vor Augen zu führen.*

WhatEver?!

„Hi, ich bin Ben", strahlt mich Mr. Surprise an und reicht mir seine Hand. Er scheint sichtlich amüsiert darüber zu sein, dass ich offensichtlich null Ahnung habe, wer er ist.
„Hi! Lila", antwortet ich und gebe ihm meine Hand. Noch während unserer Begrüßung grätscht Toni dazwischen und nimmt Ben direkt wieder in Beschlag.
Dennoch bleiben unsere Blicke aneinander haften.
Irgendwas hat dieser Ben. Aber ich weiß nicht genau, was.
„Ist ja lustig, dass du auch hier bist", legt Toni los. „Ich kenn dich zwar nur von YouTube, aber freut mich TOTAL. Erzähl mal, was sagst DU zu all dem, was gerade abgeht?"
Toni ist voll in ihrem Element.
Ben und Toni starten ihren Smalltalk und ich wende mich wieder Kai zu, der noch immer direkt neben mir steht und sich sichtlich über seine gelungene Überraschung freut.
„Hast du dir das Gelände schon angeguckt? Ist ein magischer Ort, oder?" richtet Kai seine Frage an mich.
Ich habe keine Ahnung, was er damit meint. Interessant ja, anders ja, aber magisch? Hm, irgendwie nicht.
Aber ich bin höflich und sage ihm, dass auch ich total begeistert bin. Mir drängt sich immer mehr die Frage auf, ob ich hier wirklich richtig bin in diese Truppe.

Drei Stunden, eine Livesendung und vier Becher Quellwasser später sitzen wir in unserer kleinen Runde zusammen und sprechen über die aktuellen Ereignisse.

Wir haben es uns an einer Bierzeltgarnitur gemütlich gemacht, die in der Nähe der Outdoor-Küche aufgebaut worden ist.
Paul und Toni sind ganz mit sich beschäftigt. Man kann förmlich sehen, wie die Herzchen zwischen den beiden hin und her fliegen. Horst und Ben unterhalten sich derweil über das Weltgeschehen. Kai hört interessiert zu. Es sind wahnsinnig viele neue Sichtweisen und Informationen, die da an meinen Ohren vorbei rauschen. Horst, der inzwischen nicht mehr ganz so grummelig ist (dennoch von einem sprühenden Quell der Freude weit entfernt), lauscht Ben's Ausführungen zu *Platos Höhlengleichnis*. Wieder etwas, von dem ich zum ersten Mal höre.

*Das **Höhlengleichnis** ist eines der bekanntesten Gleichnisse der antiken Philosophie. Es stammt von dem griechischen Philosophen Platon (428/427–348/347 v. Chr.), der es am Anfang des siebten Buches seines Dialogs Politeía von seinem Lehrer Sokrates erzählen lässt. Es verdeutlicht den Sinn und die Notwendigkeit des philosophischen Bildungswegs, der als Befreiungsprozess dargestellt wird. Das Ziel ist der Aufstieg aus der sinnlich wahrnehmbaren Welt der vergänglichen Dinge, die mit einer unterirdischen Höhle verglichen wird, in die rein geistige Welt des unwandelbaren Seins. Den Aufstieg vollzieht zwar jeder für sich, aber da man dabei Hilfe benötigt, ist es zugleich auch ein gemeinschaftliches Bemühen.*
Sokrates beschreibt eine unterirdische, höhlenartige Behausung, von der aus ein rauer und steiler Gang nach oben zur Erdoberfläche führt. Der Gang ist ein Schacht, der in Höhe und Breite der Höhle entspricht.

In der Höhle leben Menschen, die dort ihr ganzes Leben als Gefangene verbracht haben. Sie sind sitzend an Schenkeln und Nacken so festgebunden, dass sie immer nur nach vorn auf die Höhlenwand blicken und ihre Köpfe nicht drehen können. Daher können sie den Ausgang, der sich hinter ihren Rücken befindet, nie erblicken und von seiner Existenz nichts wissen. Auch sich selbst und die anderen Gefangenen können sie nicht sehen; das Einzige, was sie je zu Gesicht bekommen, ist die Wand, der sie zugedreht sind. Erhellt wird ihre Behausung von einem Feuer, das hinter ihnen weit oben in der Ferne brennt. Die Gefangenen sehen nur dieses Licht, das die Wand beleuchtet, nicht aber dessen Quelle. Auf der Wand sehen sie Schatten.

Zwischen dem Inneren des Gefängnisses und dem Feuer befindet sich eine kleine Mauer, die nicht so hoch ist, dass sie das Licht des Feuers abschirmt. Längs der Mauer tragen Menschen unterschiedliche Gegenstände hin und her, Nachbildungen menschlicher Gestalten und anderer Lebewesen aus Stein und aus Holz.

Diese Gegenstände ragen über die Mauer hinaus, ihre Träger aber nicht. Manche Träger unterhalten sich miteinander, andere schweigen.

Da die bewegten Gegenstände auf die Höhlenwand, der die Gefangenen zugewendet sind, Schatten werfen, können die Höhlenbewohner die bewegten Formen schattenhaft wahrnehmen. Von den Trägern ahnen sie aber nichts. Wenn jemand spricht, hallt das Echo von der Höhlenwand so zurück, als ob die Schatten sprächen. Daher meinen die Gefangenen, die Schatten könnten sprechen. Sie betrachten die Schatten als Lebewesen und deuten alles, was geschieht, als deren Handlungen. Das, was sich auf der Wand abspielt, ist für sie die gesamte Wirklichkeit und schlechthin wahr. Sie entwickeln eine Wissenschaft von den Schatten und versu-

chen in deren Auftreten und Bewegungen Gesetzmäßigkeiten festzustellen und daraus Prognosen abzuleiten. Lob und Ehre spenden sie dem, der die besten Voraussagen macht.

Nun bittet Sokrates sich vorzustellen, was geschähe, wenn einer der Gefangenen losgebunden und genötigt würde, aufzustehen, sich umzudrehen, zum Ausgang zu schauen und sich den Gegenständen selbst, deren Schatten er bisher beobachtet hat, zuzuwenden.

Diese Person wäre schmerzhaft vom Licht geblendet und verwirrt. Sie hielte die nun in ihr Blickfeld gekommenen Dinge für weniger real als die ihr vertrauten Schatten. Daher hätte sie das Bedürfnis, wieder ihre gewohnte Position einzunehmen, denn sie wäre überzeugt, nur an der Höhlenwand sei die Wirklichkeit zu finden. Gegenteiligen Belehrungen eines wohlgesinnten Befreiers würde sie keinen Glauben schenken.

Wenn man den Befreiten nun mit Gewalt aus der Höhle schleppte und durch den unwegsamen und steilen Aufgang an die Oberfläche brächte, würde er sich dagegen sträuben und wäre noch verwirrter, denn er wäre vom Glanz des Sonnenlichts geblendet und könnte daher zunächst gar nichts sehen. Langsam müsste er sich an den Anblick des Neuen gewöhnen, wobei er erst Schatten, dann Spiegelbilder im Wasser und schließlich die Menschen und Dinge selbst erkennen könnte. Nach oben blickend würde er sich erst mit dem Nachthimmel vertraut machen wollen, später mit dem Tageslicht, und zuletzt würde er es wagen, die Sonne unmittelbar anzusehen und ihre Beschaffenheit wahrzunehmen. Dann könnte er auch begreifen, dass es die Sonne ist, deren Licht Schatten erzeugt. Nach diesen Erlebnissen und Einsichten hätte er keinerlei Bedürfnis mehr, in die Höhle zurückzukehren, sich mit der dortigen Schatten-

wissenschaft zu befassen und dafür von den Gefangenen belobigt zu werden.
Sollte er dennoch an seinen alten Platz zurückkehren, so müsste er sich erst wieder langsam an die Finsternis der Höhle gewöhnen. Daher würde er einige Zeit bei der dort üblichen Begutachtung der Schatten schlecht abschneiden. Daraus würden die Höhlenbewohner folgern, er habe sich oben die Augen verdorben. Sie würden ihn auslachen und meinen, es könne sich offenbar nicht lohnen, die Höhle auch nur versuchsweise zu verlassen. Wenn jemand versuchte, sie zu befreien und nach oben zu führen, würden sie ihn umbringen, wenn sie könnten.

Anschließend erklärt Sokrates, wie das Gleichnis zu verstehen ist. Die Höhle versinnbildlicht die Welt, die sich den Sinnen darbietet, die normale Umgebung des Menschen, die man gewohnheitsmäßig mit der Gesamtheit des Existierenden gleichsetzt. Der Aufstieg ans Tageslicht entspricht dem Aufstieg der Seele von der Welt der vergänglichen Sinnesobjekte zur „geistigen Stätte", in der sich das nur geistig Erfassbare befindet. Damit meint Platon die unwandelbaren Ideen, die Ur- und Vorbilder der materiellen Phänomene im Sinne seiner Ideenlehre. Unter diesen rein geistigen Dingen nimmt die Idee des Guten den höchsten Rang ein, ihr entspricht im Höhlengleichnis die Sonne. Zur Idee des Guten muss man nach Sokrates' Überzeugung vorgedrungen sein, um im privaten oder öffentlichen Leben vernünftig handeln zu können.

Schließlich weist Sokrates noch darauf hin, dass jemand, der in die Höhle zurückkehrt, sich von der Betrachtung des Göttlichen ins menschliche Elend zurückversetzt findet, wo er sich erst zurechtfinden muss. Daher kommt er seiner verständnislosen Umgebung ungeschickt und lächerlich vor. Wären die Höhlenbewohner einsichtiger, so könnten sie verstehen, dass es zwei ganz verschiedene Arten von Störung der Sehkraft gibt. Die eine tritt auf, wenn man vom Licht ins Dunkel gelangt, die andere, wenn man vom Dunkel ins Licht versetzt wird. So verhält es sich auch mit der Seele einer Person, die nach einem Übergang in einen anderen Erfahrungsbereich verwirrt ist und etwas nicht erkennen kann.

Der Betreffende sollte nicht ausgelacht werden. Es kommt darauf an, ob er aus dem Licht der Wirklichkeitserkenntnis kommt und sich nun von ungewohnter Finsternis umhüllt findet oder ob er aus relativer Unwissenheit in einen Bereich größerer Klarheit, die ihn nun blendet, vorgedrungen ist. Diese beiden gegensätzlichen Ursachen können die gleiche Wirkung hervorrufen, was für die Einschätzung der jeweiligen Situation von grundlegender Bedeutung ist.
Quelle: Wikipedia

Ich glaube zu verstehen!
„Das heißt also, dass die Menschen gar nicht anders können, als das zu glauben, was ihnen die Schattenspieler zeigen?", richte ich mich an Ben.
Er schaut mich an. „Ja, so kann man es im übertragenen Sinn sehen. Die Medien sind die Höhlenwand, auf die die Menschen schauen. Sie sehen eine Projektion, die sie als ihre Realität „erleben"."
Ich überlege kurz.
"Aber warum sehen wir etwas anderes? Wieso haben wir vermeintlich den Weg aus der Höhle gefunden?"
Ben lacht. "Tja, das ist die große Frage. Irgendwas lässt es uns anders sehen. WhatEver?!"

Hmmm, darüber muss ich erst einmal nachdenken.

„So Kinder, sprecht ihr mal schön weiter." unterbricht Horst meine Gedanken. Er steht auf und zeigt in Richtung Küche. „Ich ziehe mich zurück. Sollte es nicht jetzt etwas zu essen geben? Begleitet mich jemand?"
„Wir kommen mit", antworten Paul und Toni im Duett und stehen ebenfalls auf. Kai überlegt, bleibt dann aber sitzen. „Was ist mit euch?" fragt Toni. Ich schaue Ben an.
„Ich bleibe hier und werde noch eine rauchen", kommt aus seiner Richtung. Damit ist es entschieden. „Geht ihr mal" antworte ich Toni. „Ich bleibe auch noch ein bisschen hier draußen."
Ben kramt in der Bauchtasche seines Hoodies herum und zieht eine kleine durchsichtige Plastiktüte mit allem möglichen Gedöns hervor.
Tabak, Papers, Filter, Feuerzeug, Kugelschreiber und sein iPhone.
Er legt alles vor sich auf den Tisch und fängt an, seine Zigarette zu bauen.
„Und? Was machst du so, Lila? Warst ja bisher recht still." Ben leckt das Paper an, schaut mir direkt ins Gesicht, während er sein Werk „blind" vollendet.
Erst jetzt bemerke ich, was er für strahlend blaue Augen hat.
„Tatsächlich nichts von den Dingen, mit denen ihr euch beschäftigt. Viel spannender ist aber, was DU so machst. Ich muss ja gestehen, dass ich echt nichts über dich weiß", versuche ich von mir abzulenken.
„Ben ist unser Dreamcatcher.", sagt Kai, den ich schon wieder fast vergessen habe.

„Dreamcatcher? Wie ist das denn gemeint?", richte ich meine Frage erneut direkt an Ben, der mittlerweile zu rauchen begonnen hat. Irgendwie riecht sein gebautes Kunstwerk aber nicht nach Tabak. Er bemerkt meinen Blick. „Das ist *Damiana*, kein Tabak. Magst du auch?" Er reicht mir die Zigarette.
Ich habe zwar keine Ahnung was Damiana ist, nehme aber an. Das Zeug schmeckt interessant. Irgendwie nach Kräutertee. Frisch und nicht so kratzig.
„Ben ist ein Dreamcatcher und Grenzgänger", lacht Kai und macht es immer spannender. Nun bin ich aber wirklich neugierig.
„Kannst du dich an deine Träume erinnern?", fragt Ben.
„Ja, das kann ich. Sehr gut sogar", gebe ich zurück.
„Und gibt es besondere Träume? Träume, die immer wieder kommen oder die irgendwie anders sind?"
Mir fällt mein Traum von dem blauen Schmetterling wieder ein. „Ja, auch das kenne ich."
„Magst du mir davon erzählen, Lila?"
Mir gefällt Ben´s Stimme. Irgendwie hat sein Wiener Dialekt etwas Entspannendes, Beruhigendes.
Ich überlege kurz, entscheide mich dann aber von einem anderen Traum zu berichten, den ich seit meiner Kindheit immer und immer wieder erlebt habe.
In diesem stehe ich auf einem Feld hinter dem Haus meiner Eltern. Es ist Nacht und ich schaue in den lila gefärbten Sternenhimmel. Das Feld grenzt an einen Wald, aber in meinem Traum ist an der Stelle des Waldes ein riesengroßes Tor. Es ist gigantisch und man schaut in das Innere einer Fabrik oder etwas Ähnlichem. Ich kann es nicht genau definieren. Irgendwie erinnert es an einer Szene aus dem Film *Independence Day,* in der man in das Innere eines Alien-Raumschiff hineinsieht.-

Während ich erzähle, reichen wir das Damiana hin und her. Unsere Finger berühren sich dabei ganz zufällig.
Ben hört mir aufmerksam zu.
„Keine Ahnung, was es zu bedeuten hat, aber diesen Traum habe ich seit meiner Kindheit bestimmt schon zehnmal geträumt. Und nie hat er sich verändert", schließe ich meine Erzählung. Ben schaut mich an.
„Lila, tust du mir einen Gefallen? Magst du das in meine *Traumdatenbank* eintragen?"
Ahhhh, Dreamcatcher. Jetzt verstehe ich.

Ben beginnt zu erzählen, was es mit dieser Traumdatenbank auf sich hat.
Dass er sich schon seit längerem mit Träumen beschäftige und dass die Menschen kollektiv träumen würden. Er habe beobachtet, dass vor einschneidenden Ereignissen überall auf der Welt Menschen diese zuvor im Traum „vorhergesehen" hätten.
In dieser Datenbank könne man seine Träume eintragen und sie so mit anderen Träumen vergleichen und möglicherweise Vorhersagen treffen.
Noch während Ben erzählt, reißt er ein Stück von seinen Papers ab, schreibt die Adresse zu der Seite auf und reicht mir den kleinen Zettel.

„Hey Puppe!" Toni kommt um die Kurve und ich schrecke auf. „Horst und Paul möchten zurück ins Hotel und ich bin auch schon ganz „müde". Lass mal den Abflug machen!"
Das Zeichen war eindeutig. Toni ist ganz sicher nicht müde, aber ich verstehe, warum sie mit zurückfahren möchte. Tatsächlich würde ich gerne noch etwas blei-

ben, aber ich weiß, dass ich keine andere Möglichkeit habe, ins Hotel zurück zu kommen.
Und hier irgendwo schlafen oder gar durchmachen - keine gute Idee. Also verabschiede ich mich von Kai und Ben, die etwas irritiert von unserem raschen Aufbruch zu sein scheinen, stecke den Zettel ein und schlendere mit Toni zurück zu ihrem Auto.
Im Hotel angekommen trifft ein, was mir ohnehin klar war. Toni verschwindet zwei Türen weiter mit Paul und ich beziehe unser Doppelzimmer alleine.

Im Bett liegend lasse ich den Abend noch einmal Revue passieren und muss an Ben denken. Keine Ahnung, was es ist, aber irgendetwas an dieser Begegnung war besonders. Ich werde das Gefühl nicht los, Ben schon ewig zu kennen, obwohl wir uns heute zum ersten Mal begegnet sind.
Ich schnappe mir den Zettel, den er mir gegeben hat und tippe die Adresse in mein Smartphone ein.

www.benwhatever.com

 **Butterfly Effekt**

Tock, tock, tock klopft es an die Hotelzimmertür. Keine zwei Sekunden später summt der Türöffner und die Tür fliegt auf. Es ist Toni, die freudestrahlend ins Zimmer getänzelt kommt.
„Guten Morgen Puppe! Na, ausgeruht? Ich bin soooo fertig. Ich habe nicht eine Sekunde geschlafen."
Toni lässt sich auf den Sessel fallen, der neben dem Schreibtisch in der Ecke steht. Dass meine Klamotten darauf liegen, scheint sie nicht weiter zu stören.
Ich richte mich im Bett auf und muss mich erst einmal sortieren. Toni plappert weiter munter drauf los. „Wir haben erst stundenlang über Gott und die Welt gequatscht und dann…naja, du weißt schon". Sie grinst mich an.
„Bin völlig platt. Aber ausruhen ist nicht. Wir sind um 10 Uhr mit Horst zum Frühstück verabredet und danach geht es wieder rüber ins Osho-Dorf. Ich muss da noch was mit Kai bequatschen."
Toni schält sich aus dem Klamottenhaufen, der jetzt völlig zerknautscht ist und macht sich auf in Richtung Badezimmer. „Ich hüpf mal fix unter die Dusche", sagt sie und verschwindet. Ich schau auf mein Smartphone. 09:09 Uhr. Ok, kein Grund zur Eile.
Ich lege mich nochmal hin, schließe die Augen und höre Toni fröhlich unter der Dusche singen.

Zwei Stunden später sitze ich wieder auf der wackeligen Klappbank im Osho-Dorf und halte einen großen Becher Kaffee mit Hafermilch in meinen Händen.

Paul sitzt mir gegenüber, hat seinen Laptop aufgeklappt und bereitet zusammen mit Horst, der heute etwas freundlicher gestimmt ist, die neue Livesendung für den Abend vor.
Toni hockt am anderen Ende des Tisches und steckt mit Kai die Köpfe zusammen. Sie scheinen irgendetwas zu besprechen, was der Rest unserer Truppe nicht mitbekommen soll.
Ich beschließe, mir ein wenig die Beine zu vertreten und mache mich auf den Weg zu dem kleinen Fluss, der quer durch das Gelände fließt. Bis auf Micha und einen kleinen, ganz in weiß gekleideten Mann, der irgendwie durch den Garten zu schwimmen scheint (wohl gemerkt an Land) gibt es von den anderen Bewohnern keine Spur. Ich mache es mir auf einer Holzbank am Bachufer bequem. Außer dem Glucksen des Wassers und dem Summen der Insekten ist nichts zu hören.
Ich glaube, jetzt weiß ich, was Kai gestern mit magisch meinte. Es ist wirklich unfassbar entspannend. Der Irrsinn da draußen in der Welt scheint für einen Moment komplett vergessen. Ich schließe meine Augen und genieße die Stille und die Sonne, die mir ins Gesicht scheint.

„Hey, da bist du ja wieder". Ich schrecke auf und drehe mich um. Es ist Ben.
Keine Ahnung, wie lang ich so auf der Bank gesessen habe, aber ich glaube, dass ich eingenickt bin. Ich spüre, dass meine Haut im Gesicht spannt, als hätte ich mir einen leichten Sonnenbrand geholt.
„Ihr seid gestern so plötzlich verschwunden. Hätte echt gerne mehr über deinen Traum erfahren. Oder gibt es

etwas Neues zu berichten? Was Spannendes erlebt letzte Nacht?" Ben lächelt.
Irgendetwas ist da in diesem Lächeln. Etwas, was mir sehr vertraut vorkommt.
„Nee, tatsächlich nicht. Und selbst? Hast du schön geträumt?"
Ben setzt sich zu mir auf die Bank. Er trägt ein schwarzes T-Shirt mit der Aufschrift *WhatEver?!*
Ich kann ein Tattoo auf seinem linken Oberarm hervorblitzen sehen. Es ist etwas Blaues, aber ich kann nicht wirklich erkennen, was es ist.

„Ich schlafe nicht. Und ich träume auch nur selten."
„Ach, und das als „Dreamcatcher"? Du sammelst also die Träume anderen Menschen, weil du selber keine hast", necke ich ihn.
„Ja, aber nicht spoilern", zwinkert er mir zu, wirkt aber irgendwie traurig.
„Ich schlafe in letzter Zeit einfach nicht mehr gut," fährt er fort. „Stecke grad in 'ner blöden Phase, weißt du. Trennung von meiner Ex. Sie ist mit unserem gemeinsamen Sohn ausgezogen. Das macht mich echt fertig. Da bleibt das Träumen ein bisschen auf der Strecke."
„Oh, das tut mir leid. Wie alt ist dein Sohn?"
„Vier", antwortet er. „Blödes Alter dafür. Zu klein, um zu verstehen, und zu groß, um nichts davon mitzukriegen. Einfach nur ätzend."
Ich denke kurz an meine eigene Situation zuhause.
„Kommt mir irgendwie bekannt vor. Wir sind zwar noch nicht getrennt, aber so richtig bombe läuft es schon ewig nicht mehr bei uns. Ohne unser Kind wären wir sicher auch nicht mehr zusammen. Irgendwie über-

all die gleiche Story. Mein Sohn Max ist sieben. Auch kein besseres Alter für eine Trennung."
Ben schaut mich erstaunt an. „Max? Echt jetzt? Mein Kleiner heißt auch Max!" - Was für ein *Zufall!*
Wir schauen uns an. Ein kleiner Moment der Stille entsteht. Mir fallen wieder seine klaren blauen Augen auf. Meinen gar nicht so unähnlich. Mir scheint der Blick in diese Augen sehr vertraut, obwohl wir uns gar nicht kennen.

„Na, daaa seid ihr!" Toni kommt in zackigen Schritten auf die kleine Bank zugestiefelt.
„Ich hab euch schon überall gesucht. Hab grad mit Kai geschnackt und wir haben beschlossen, alle ins Hotel umzusiedeln. Auch du, Ben. Ich hoffe, das ist ok für dich?"
Ben will grad zur Antwort ansetzten, da redet Toni schon weiter.
„Paul und Horst wollen heute lieber von da aus auf Sendung gehen. Besseres Internet. Und Kai hat irgendwie auch Lust auf ein frisch bezogenes Hotelbett. Die Hütte da drüben ist ja komplett leer. Hab schon angerufen und zwei Zimmer für euch klar gemacht. Wir düsen gleich rüber. Mir sitzt die letzte Nacht noch in den Knochen. Muss mich später mal ´ne Stunde aufs Ohr hauen. Passt doch für euch, oder?"
Ben wirkt etwas irritiert angesichts Tonis klarer Ansage, scheint die ganze Nummer aber gar nicht so schlecht zu finden.
„Gut, dann hol ich mal meine Sachen".
Fünfzehn Minuten später sitzen wir in Toni's Auto.
Kai und Ben folgen uns in dem schwarzen Tesla.

Im Hotel angekommen verschwindet Toni direkt aufs Zimmer. Paul wuselt für sich allein rum und bastelt an der Sendung.
Ben und ich entscheiden uns (nach dem schon bekannten Eincheckritrual - guter Stift links, böser Stift rechts) für die Hotelbar und bestellen uns etwas zu trinken.
Ich habe es mir wieder auf dem Loriot-Sofa bequem gemacht. Ben sitzt mir gegenüber und wir reden über Gott und die Welt.
Die Zeit vergeht wie im Flug. Er erzählt mir von seinen Projekten, seiner Mission. Neben der Dreamcatcher-Datenbank, habe er noch einen YouTube Kanal, auf dem er Interviews mit den unterschiedlichsten Menschen veröffentliche.
Vor allem „Verschwörungstheorien", Übersinnliches, Politik, Geheimbünde und Spiritualität sind seine Hauptthemen. Aber auch Grenzerfahrungen seien sein Ding.
Er erzählt, dass er kurz vor dieser ganzen „Virus Nummer" noch in Peru gewesen war und eine *Ayahuasca-Zeremonie* mitgemacht hat.
„Da sind Türen in meinem Kopf oder wo auch immer aufgegangen, die man nicht mehr so einfach schließen kann. Ich habe Dinge gesehen, die sich nur schwer beschreiben lassen und die so fernab des menschlichen Verstandes sind, dass es schwer ist, sie in Worte zu fassen. Fast wie ein Blick in die Zukunft, eine Vision, von der ich mir sicher bin, dass sie real ist."
Ben beschreibt alles so voller Begeisterung und Leidenschaft, dass ich das Gefühl habe, live dabei gewesen zu sein. Ich spüre förmlich die Hitze des peruanischen Urwaldes, die hohe Luftfeuchtigkeit, die einem die Kla-

motten am Körper kleben lässt, und die Magie der Zeremonie.
„Da sind wirklich orge Dinge passiert, Lila. Man ist am Kotzen, dir geht es super schlecht und du kommst körperlich an deine Grenzen, aber trotzdem ist es etwas, was ich unbedingt wiederholen möchte. Die Grenzen zwischen Realität und Vision verschwimmen. Lösen sich einfach auf. Als ich wieder einigermaßen klarkam, so mitten im Dschungel, saß da auf einmal ein riesiger blauer Schmetterling auf meinem Fuß. Der gleiche Schmetterling, den ich zuvor in der Zeremonie in meiner Vision gesehen habe. Die Matrix bekommt Risse und du fragst dich, was real ist und was nicht. Das verändert einfach alles."
Ben zieht den linken Ärmel seines T-Shirts hoch und mir läuft ein Schauer über den Rücken.
„Ich hab mir den Schmetterling tätowieren lassen."
Ich erkenne ihn sofort. Es der Falter aus meinem Traum! Ein blauer Morphofalter.

„Was ist? So kitschig?" Ben bemerkt mein Erstaunen sofort.
„Nee, absolut nicht. Er ist wunderschön, aber…aber ich kenne ihn. Ich habe diesen Schmetterling vor zwei Tage im Traum gesehen."
Ben schaut mich ungläubig an. „Wirklich?"
Er lacht. „Schon wieder so ein *Zufall*. Aber hey, es gibt keine Zufälle, Lila."
Keine Ahnung was es ist, aber irgendetwas scheint uns zu verbinden. Nichts von dem, was er erzählt scheint mir fremd zu sein, obwohl ich alles zum ersten Mal höre. Es ist, als hätte ich die Dinge mit ihm erlebt.

In diesem Moment kommen Kai und Horst um die Ecke und steuern auf unseren Tisch zu. Kurz darauf gefolgt von Toni und Paul.
Toni sieht erholt aus, hat aber Hunger, was sie auch direkt mitteilt.

Wir wechseln rüber ins Restaurant und bestellen uns etwas. Es ist früher Abend geworden und die ersten alkoholischen Getränke kommen auf den Tisch. Wir haben Spaß und lachen viel. Die teilweise missbilligenden Blicke der wenigen anderen Gäste bemerken wir kaum. Ich vergesse immer wieder, was in der Welt da draußen aktuell abgeht.
Singen und Tanzen sind zurzeit VERBOTEN! Offensichtlich scheint das „Virus" besonders ansteckend zu sein, wenn die Menschen Spaß haben und glücklich sind.
Irgendwann ziehen sich Paul und Horst zurück, um auf Sendung zu gehen. Toni, die Paul kaum noch von der Seite zu weichen scheint, und Kai begleiten sie. Bevor sie verschwinden, flüstert Toni mir noch zu, dass sie heute wieder bei Paul schlafen würde und ich nicht auf sie warten solle.
Ich habe wenig Lust, mir die gute Stimmung durch die „aktuelle Lage der Nation", über die Paul und Horst in ihrer Sendung sprechen, zu versauen und möchte lieber noch ein wenig Zeit mit Ben verbringen. Ihm scheint es ähnlich zu gehen. Ich möchte weiter mit Ben sprechen, tiefer in ihn eintauchen und seine Welt kennenlernen, obwohl ich sie längst zu kennen scheine.
„Hey, hast du Lust mit zu mir aufs Zimmer zu kommen?" frage ich Ben und mache mir keine Gedanken darüber, wie es auf ihn wirken könnte.

Ben scheint die Idee zu gefallen und so bestellen wir uns noch ein Glas Wein und gehen in Richtung Hotelzimmer.
Dort angekommen machen wir es uns auf dem Bett gemütlich.
„Heute ist übrigens Sommersonnenwende", sagt Ben und lacht. „Noch so ein *Zufall*." Er setzt sein Weinglas an und trinkt.
Ich schmunzele. „Ja, irgendwie schon schräg, diese ganzen Zufälle."
„Der Trip hier her ist eigentlich auch schon ein reiner Zufall", sagt Ben.
„Das ganze Trennungsdrama zuhause und dann dieser Virusscheiß - eigentlich wollte ich gar nicht mitfahren, aber Kai hat mich hartnäckig überredet. Und dann begegnen wir uns hier, Lila. Du und all diese *Zufälle*." Ben wirkt nachdenklich.
Wir schauen uns in die Augen und da ist es wieder, dieses wahnsinnig vertraute Gefühl. Fast so, als würden wir uns schon ein Leben lang kennen.
„Fühlst du dich gut, Ben? Ist das alles so ok für dich?"
Ich spüre, dass er mit seinen Gedanken woanders ist.
„Hmmm" Ben lächelt. „Lieb, dass du fragst…ja…es ist mehr als ok…obwohl ich im Moment mit allem gerechnet habe, nur nicht mit sowas."
Ben kommt näher, ich schließe meine Augen.
Wir küssen uns.
Es ist ein Kuss wie aus einer anderen Welt. Es fühlt sich an, als würde die Zeit stillstehen und Gefühle unendlicher Verbundenheit kommen hoch. Ich weiß nicht, wie lange wir so da liegen und uns eng umschlungen in die Augen schauen. Augen, die mir so unglaublich vertraut

vorkommen, und uns immer wieder küssen, bis wir uns ausziehen und schließlich miteinander schlafen.
Die Realität verschwimmt und ich möchte nicht, dass es je wieder aufhört.

*"Jenseits von richtig und falsch gibt es einen Ort.
Hier können wir einander begegnen."*

Rumi

Ayahuasca, Yagé, Yajé ‚Natem, Cipó, Daime, Hoasca (und andere) sind Namen für einen psychedelisch wirkenden Pflanzensud aus der Liane Banisteriopsis caapi und N,N-Dimethyltryptamin-haltigen Blättern des Kaffeestrauchgewächses Psychotria viridis. In manchen Fällen ist mit der Bezeichnung Ayahuasca auch nur die Liane Banisteriopsis caapi gemeint. Der Sud enthält Harman-Alkaloide, die als Monoaminooxidase-Hemmer wirken und so den Abbau des Halluzinogens N,N-Dimethyltryptamin (DMT) verlangsamen. Die Angehörigen diverser Amazonas-Ethnien gebrauchen Ayahuasca in rituellen religiösen Zeremonien, um sich in einen Trance-Zustand zu versetzen. Der Gebrauch ist im amazonischen Brasilien, Bolivien, Peru, im Orinocodelta von Venezuela bis an die Pazifikküste von Kolumbien und Ecuador verbreitet. Zudem sind im 20. Jahrhundert in Brasilien diverse Ayahuasca-Religionen entstanden, darunter União do Vegetal, Barquinha und Santo Daime, die in den Städten von der Mittelschicht frequentiert werden und inzwischen auch international präsent sind. Der religiöse Gebrauch ist in Brasilien rechtlich garantiert und in den USA durch eine Entscheidung des Supreme Court seit 2006 legalisiert.

Die indigenen Völker des Amazonasbeckens und Mestizos gebrauchen Ayahuasca in rituellen und religiösen Zeremonien, um in einen qualitativ veränderten Wachbewusstseinszustand zu geraten. Sie glauben unter anderem, dadurch Geister und Ahnen zu treffen, in die Zukunft zu blicken oder Lösungen und Heilwege für Krankheiten und psychosoziale Konfliktlagen zu finden. Ayahuasca wird dafür häufig von Curanderos, Ayahuasceros oder Vegetalistas (Heilkundige in traditioneller Amazonas- oder Andenmedizin) für die Heilung von Krankheiten benutzt.

Der Gebrauch ist von den Anden und der Pazifikküste bis weit hinein nach Brasilien verbreitet und von Kolumbien über Ecuador und Peru bis nach Argentinien. Für die Schamanen ist die Wirkung des Tranks nicht auf einen Wirkstoff zurückzuführen, sondern auf die Pflanzenseelen, die sich den Menschen unter Ayahuasca-Einfluss als Lehrmeister offenbaren.
In verschiedenen aus Brasilien stammenden Religionen wird das Entheogen Ayahuasca als Sakrament in Ritualen eingenommen. Hierzu gehören als größte Gemeinden die União do Vegetal und Santo Daime sowie die kleinere Barquinha. Durch das Trinken des Tees, gesungene Gebete und gemeinschaftliche rituelle Tänze wird ein qualitativ veränderter Wachbewusstseinszustand erzeugt, der die Wahrnehmung der spirituellen Realität ermöglichen soll.

Das Phänomen Ayahuasca unterliegt seit dem Ende der 1990er Jahre einer globalisierenden Entwicklung. Einige berühmte Persönlichkeiten, wie beispielsweise der Popsänger Sting in seiner Biografie und in Fernsehinterviews, berichten öffentlich über ihre persönlich-biografischen und spirituellen Ayahuascaerfahrungen. Es entwickelte sich ein westlicher Ayahuascatourismus, wodurch im oberen Amazonasgebiet, vorwiegend in Peru, florierende „Heilungszentren" entstehen, die meist US-amerikanischen Besitzern gehören und lokale mestizische Schamanen in Honorartätigkeit bezahlen oder anstellen. Die Angebote richten sich nicht selten an die Erwartungen des westlichen Publikums an eine vermeintliche Authentizität indianisch-schamanischer Spiritualität und Weisheit. Dabei kommt es für das ausländische Publikum oft zu einer nicht erkennbaren folkloristischen Retraditionalisierung, die nicht die heutige authentische Realität mestizischer Volksmedizin widerspiegelt.

Westliche neoschamanistische und synkretische Elemente werden mit mestizischem Animismus und Schamanismus und ostasiatischen Versatzstücken aus Buddhismus und Yoga vermischt, um den Erwartungen des westlichen Ethnotherapie-Publikums gerecht zu werden. Ebenso ist jedoch auch die Globalisierung von Ayahuasca in die andere Richtung zu verzeichnen, so dass sich in Nordamerika und Europa heutzutage mehr und mehr Ayahuascaangebote finden lassen, teilweise durch südamerikanische Schamanen, die dort Seminare und Retreats anbieten, teilweise durch westliche Neoschamanen, westliche alternative Psychotherapeuten und Ayahuasca-Kirchen, bzw. deren globalisierte Ableger.
Quelle: Wikipedia

*Von **Zufall** spricht man, wenn für ein einzelnes Ereignis oder das Zusammentreffen mehrerer Ereignisse keine kausale Erklärung gefunden werden kann. Als kausale Erklärungen für Ereignisse kommen je nach Kontext eher Absichten handelnder Personen oder auch naturwissenschaftliche deterministische Abläufe in Frage. Zwischen den Begriffen Zufall und freier Wille existiert ein enger Zusammenhang. Es kann argumentiert werden, dass eine freie Entscheidung, zumindest teilweise, durch andere Einflüsse (innerer und äußerer Art) nicht beeinflusst ist. Sie ist also nicht determiniert. Dies lässt sich indes gerade auch als Definition von Zufall ansehen: Nach dieser Auffassung kann es in einem Universum ohne Zufall keinen freien Willen geben, da jede Entscheidung bei Kenntnis aller Einflussgrößen vorhergesagt werden könnte. Aber wenn unsere Entscheidungen zufällig zustande kommen, ist das erst recht nicht, was wir uns unter freiem Willen vorstellen.*

 **@ home**

SMS Ben:
Ich DANKE Dir!

SMS Lila:
Und ich danke Dir.
Schön, dass wir uns begegnet sind.

SMS Ben:
Ja total :) Ich frag mich schon die ganze
Zeit, ist das wirklich passiert?
Oder war alles nur ein Traum??
Wer bist du? Wer sind WIR?

SMS Lila:
Es passiert noch immer und ich habe das
Gefühl, es hört so schnell auch nicht mehr auf…
Trust the plan ;)

SMS Ben:
Man, man, man ich hab ja schon viel erlebt, aber so
was wie in den letzten zwei Tagen auch noch nicht
…."atmen".

SMS Lila:
Ja, aussergewöhnlich
und einfach besonders.

SMS Ben:
Ja aussergewöhnlich….
Und irgendwie war es, als schwebte das die ganze

Zeit schon im Raum…wie so ein Magnet.

SMS Lila:
Stimmt.
Dann einfach geschehen lassen und genießen.
Bin gespannt auf alles, was noch kommt.
Fahrt weiterhin vorsichtig.
Wir sind gleich zuhause.

SMS Ben:
Danke :)
Umarme dich ganz fest. x

SMS Lila:
Ich dich auch   x

…….

SMS Ben:
Du gehst mir nicht aus dem Kopf.
Den ganzen Tag schwirrst du in meinen Gedanken umher.

SMS Lila:
Du bei mir auch….
und in meinem Herzen!
Aber irgendwie fühlt es sich RICHTIG an.

SMS Ben:
…ja, das tut es.

…….

SMS Lila:
Hey, denk an dich!
Wie geht's dir?
Mir fällt hier die Decke auf den Kopf.
Ich vermisse dich.

SMS Ben:
Freue mich, wenn wir uns bald wiedersehen und direkt sprechen können. Alles gar nicht so leicht zurzeit.
Stress mit der Ex.
Möchte niemanden enttäuschen und keine Fehler machen.

SMS Lila:
Mach dir nicht so viele Gedanken.
Alles wird gut.
Fühl dich ganz lieb umarmt. x

SMS Ben:
Ich versuch es…
Knuffel dich ganz fest x

……

SMS Ben:
Ich weiß nicht warum, aber ich weiß, dass
Du eine ganz entscheidende Rolle in meinem Leben spielst und sich grad
Dinge zusammenfügen.
Ich habe einen Kompass in mir, der mich durch das Leben führt und mir die Richtung zeigt. Der spielt grad total verrückt.

Warum, Wieso, Wozu, Was, Wann, Wie?
Keine Ahnung, was da grad passiert.
Ich freu mich und habe zugleich Angst. Schräges Gefühl!

SMS Lila:
Vor was Angst?

SMS Ben:
Das gilt es herauszufinden…
WhatEver?!

SMS Lila:
Angst die andere Hälfte von Mut.
Spring drüber und sei mutig.

SMS Ben:
Bin ich!!

SMS Lila:
Sehr gut! Ich auch!

………

SMS Lila:
Hey,
Was machen deine Reisevorbereitungen?
Möchte dich so gerne wiedersehen.
Muss der Trip wirklich sein?
Kannst du nicht lieber herkommen,
oder ich komme zu dir nach Wien?

SMS Ben:
Hey!
Flüge sind gebucht. Mal schauen, ob
sie nicht storniert werden.
Aber dann fahr ich mit dem Auto.
Ja, muss dahin. Ist schon ewig geplant.
Brauche das Interview.
Und hab das Gefühl, ich finde dort Antworten.
Aber danach sehen wir uns. VERSPROCHEN!!!
xxx

                              SMS Lila:
                    Ok. Kann es kaum erwarten.
                                  xxx

 # Behedeti

Die Lebensgemeinschaft Behedeti, ist eine Kommune, gleichzeitig Ökodorf und auch spirituelle Gemeinschaft im Piemont in Norditalien.
Der Name Behedeti kommt von der Nebenform der altägyptischen Gottheiten Horus und Hor-Behedeti.
Die Gemeinschaft wurde 1975 gegründet.
Die Bewohner sind Anhänger des New Age, teilweise auch neuheidnisch. Als das Vorhandensein eines großen, unterirdisch gegrabenen Tempels (Tempel of Humans) veröffentlicht wurde, wurde Behedeti einer größeren Öffentlichkeit bekannt. Ein außergewöhnliches unterirdisches Kunstwerk, das in den internationalen Medien als "Achtes Weltwunder" bezeichnet wurde.
Diese große Anlage wurde komplett von Hand ins Innere des Bergs gegraben. Gestaltet mit kunstvollem Mosaik, Buntglas, Skulpturen, Wandmalereien und anderen Kunstwerken, dient der Tempel der Erweckung des göttlichen Funkens, der jedem Menschen innewohnt.
Was Behedeti aber wirklich einzigartig macht, ist das Phänomen, dass sich hier 4 der weltweit 18 Synchronischen Linien kreuzen. Die Erde atmet hier, Steine, Bäume und Pflanzen sind reich an Lebensenergie. Alles scheint auf subtile Weise mit Energie versorgt. Besucher bemerken dieses unverwechselbare energetische Feld, das unsere Seele belebt, sehr schnell. Wenn man in Behedeti spazieren geht, hat man das Gefühl durch Vergangenheit, Gegenwart und Zukunft zu wandeln. Antike Mysterien und das vergessene Wissen großer Zivilisationen fließen mit einer frischen, technologisch durchdrungenen Vision, einer potentiellen, sich entwickelnden Zukunft, zusammen.

Ich klappe mein MacBook zu. Das ist also Behedeti, der Ort, an den Ben gefahren ist, um für seinen YouTube Kanal zu recherchieren und Interviews zu führen.
Es sind drei Wochen vergangen seit unserer Begegnung im Osho-Dorf.
Unzählige WhatsApp Nachrichten und Telefonate „fliegen" seitdem zwischen Wien und Norddeutschland hin und her.
Ich spüre eine so tiefe Sehnsucht, wie ich sie noch nie zuvor in meinem Leben empfunden habe. Was auch immer da im Thüringer Wald passiert ist, es ist magisch.
Nach unserer gemeinsamen Nacht fühlte es sich am Morgen der Abreise an, als müsse ich einen Teil von mir selbst zurücklassen. Es zerriss mir förmlich das Herz.
Noch auf der Fahrt orakelte ich mit Toni darüber, was da geschehen sei.
Ich habe mich schon oft verliebt und viele „Frösche" auf meinem bisherigen Lebensweg geküsst, aber so ein Gefühl wie bei Ben ist mir vollkommen neu.
Es fühlt sich so RICHTIG an.

Wieder in meinem Dorf angekommen, war ein größeres Kontrastprogramm kaum möglich.
Nicht nur, dass das Zusammenleben mit Nikolas immer schwieriger wurde (ich beschloss erst einmal nichts von Ben zu erzählen, da ich meine Gefühle nicht wirklich greifen und einordnen konnte), auch das „Virus" der Spaltung in der Gesellschaft nahm immer mehr zu.
Die Mehrheit der Menschen befand sich weiter in der Angst und die Medien trugen ihr Übriges dazu bei. Täglich wurden neue Horrorszenarien mit irreführenden Statistiken befeuert.

Andersdenkende wurden massiv öffentlich angefeindet und an den Pranger gestellt. Ein Austausch schien nicht gewünscht.
Das Wochenende im Thüringer Wald schien mir wie in einem Paralleluniversum stattgefunden zu haben.
Für Toni war alles klar. Sie zog (typisch Toni) voll durch. Nur einen Tag nach unserer Rückkehr hatte sie ihre Koffer neu gepackt und war seitdem mit Paul und Horst unterwegs, quer durch Deutschland, Tschechien und Österreich, auf der Mission der „Aufklärung".
Ein bisschen beneidete ich Toni für diese Freiheit und den Mut, einfach loszumarschieren.

Ich möchte nichts sehnlicher, als einfach wieder bei Ben zu sein. Aber das ist aktuell nicht möglich.
Er ist vor ein paar Tagen nach Behedeti gefahren und seitdem nur noch schlecht zu erreichen. Unser letztes Telefonat liegt zwei Tage zurück und bis auf ein paar kurze SMS ist kein Kontakt möglich.
Auf dem gesamten Gelände dieser Spirituellen Lebensgemeinschaft ist nur eingeschränkt Handynutzung erwünscht. Aber lag es wirklich nur an den Umständen oder zog Ben sich zurück? Liegt es an diesem Ort? Der Entfernung? Oder sind es nur meine eigenen Ängste, die mich das glauben lassen.

Heute sind wir zum Telefonieren verabredet und ich kann es kaum erwarten, Ben's Stimme endlich wieder zu hören.
Ich sitze in meinem verwaisten Kosmetikstudio, habe es mir auf meiner Kosmetikliege gemütlich gemacht und warte auf seinen Anruf. Hier habe ich Ruhe und kann ungestört telefonieren.

Seit dem ersten Lockdown ist kaum noch etwas zu tun. Entweder leben die Menschen in Angst vor dem „Virus" und verzichten daher auf „zu viel Nähe" oder ihnen fehlt einfach das Geld für diesen Luxus.
Nicht wenige meiner Kundinnen haben ihre Jobs verloren, sind in Kurzarbeit oder ebenfalls selbstständig und von den Maßnahmen betroffen.

Mein Mobiltelefon klingelt.
Es ist Ben.
„Hey!", höre ich seine Stimme und mein Herz schlägt direkt zwei Takte schneller.
„Wie geht es dir? Sorry, dass ich mich erst jetzt melde. Viel zu tun gehabt die letzten Tage.
Viel gedreht, viel gequatscht. Viele wirklich *orge* Dinge erlebt."
(*Org*, ein Begriff den ich vorher gar nicht kannte und erst einmal googeln musste. Er hat nichts mit einem *Ork* aus *„Herr der Ringe"* zu tun, sondern steht in Wien für *unglaublich - krass - nicht wahr.*)
„Echt? Schieß los! Ich bin total gespannt", antworte ich und lasse nichts von der Enttäuschung durchblicken, die ich bei seiner Erklärung empfunden habe, warum er sich nicht melden „konnte".
Ben atmet hörbar ein.
„Pfff, wenn ich dir das erzähle...ich bin selber noch total geflasht."
Ich höre, wie er sich eine Zigarette anzündet und einen tiefen Zug nimmt.
„Du bist auch hier, Lila! Es ist total org, aber DU bist hier im Tempel verewigt.
„Was? Wie meinst du das?"

„Ja, kein Witz…warte…ich habe ein Foto im Tempel gemacht. Ich schick es dir per WhatsApp."
Es vibriert an meinem Ohr, als die gesendete Datei auf meinem Smartphone eintrifft.
Ich stelle das Gespräch auf Lautsprecher und öffne den Messenger-Dienst.
„Hast du es?"
Das Foto geht auf.
Ich erkenne ein Wandbild, auf dem ein großes Tal zu sehen ist. In diesem Tal sind viele unterschiedliche Menschen abgebildet.
Es ist eine Armee, die im Kampf zu sein scheint. Allerdings trägt niemand Waffen, nur einige Schilde kann ich erkennen. Teilweise tragen die Menschen Rüstungen, die an die alten Römer und Griechen erinnern. Einige sind zu Fuß, andere sitzen auf Pferden.
Ihnen gegenüber steht eine Armee aus grauen Wesen. Sie wirken wie Geister oder Schatten und sind gesichtslos. Die Menschen treten den „Grauen" voller Mut entgegen.
Dann sehe ich SIE.
Ihre Arme hält sie vor sich gestreckt. Eine Hand in Richtung Erde und eine zum Himmel gerichtet wie eine Priesterin.
Der Himmel über dem Tal ist blau und wolkenlos. Nur über dem Kopf dieser Frau befindet sich etwas Sonderbares am Himmel. Es wirkt wie ein „Portal", das dem aus meinem immer wiederkehrenden Kindheitstraum sehr ähnlich ist.
Die rote Frau trägt ein blaues fließendes Gewand, das an der rechten Hüfte mit einer Brosche zusammengehalten wird. Die Brosche hat die Form eines Schmetterlings.
Es ist der blaue Morphofalter.

Mir bleibt die Luft weg.

„Kannst du SIE sehen, Lila?"

Ben lacht. „Wenn ich nicht wüsste, dass das alles irgendwie real ist, würde ich denken, dass ich träume."

Ich weiß gar nicht, was ich sagen soll.

„Keine Ahnung, Ben. Ich bin sprachlos und irgendwie macht es mir ein bisschen Angst."

„Mir nicht. Aber ich möchte wissen, was das alles zu bedeuten hat. Wer bist DU, Lila? Warum sind wir uns begegnet? Warum jetzt? Und warum fühlen wir das, was wir füreinander fühlen? So viele Fragen und ich finde keine Antworten."

Ben macht eine Pause.

„Tust du mir einen Gefallen? Sprichst du mit *Mantis*?"

„Wer ist Mantis?" frage ich.

„Mantis ist ein *Medium* und sie lebt hier in Behedeti. Vielleicht findet sie Antworten.

Ich kann den Kontakt zu ihr herstellen. Sie muss dich nur sehen und dann *channelt* sie Informationen zu dir herunter. Das geht auch per Zoom."

Ich überlege.

„Ganz ehrlich Ben, ich bin echt ein bisschen überfordert mit allem. Aber ja, lass uns das machen. Ich spreche mit dieser Mantis."

„Gut, dann kümmere ich mich drum und gebe dir Bescheid, wann es bei ihr passt. Ich muss jetzt Schluss machen. Was essen und dann das nächste Interview vorbereiten. Ich melde mich."

Das Gespräch ist beendet.

Ich bin verwirrt und irgendwie auch ein bisschen traurig.

Wieso vermisse ich diesen Menschen so sehr?

Ich bleibe noch eine Weile auf meiner Liege sitzen, denke über das Bild, die Bedeutung der roten Frau, Ben und diese ganzen Zufälle nach...

*Ein **Medium** (auch **Channel** genannt) ist eine Person, die von sich behauptet, Botschaften von übernatürlichen Wesen wie Engeln, Geistern oder Verstorbenen zu empfangen oder anders geartete „nicht-physikalische" Wahrnehmungen zu haben.*
In der Parapsychologie wird der Begriff dabei unabhängig von kulturrelativen religiösen oder okkulten Weltbildern verwendet.
Die bekanntesten Phänomene oder Techniken sind dabei Hypnose und Telepathie.
Mediumismus ist die behauptete Kommunikation mit diesen Wesen und die gesprochene oder geschriebene Weitergabe von Visionen und „Mitteilungen".
In den 1970er Jahren etablierte sich dafür in der US-amerikanischen New-Age-Bewegung der Begriff Channeling, der in den 1980er Jahren auch im deutschsprachigen Raum bekannt wurde...

...Medien nehmen für sich in Anspruch, unter anderem mit der jenseitigen Welt Verbindung aufzunehmen, z. B. mit „Engeln", „Totengeistern" oder Geistwesen.
Sie tun dies in so genannten Séancen (Sittings oder Readings), bei Einzelsitzungen oder Meditationen. Dabei übermitteln sie Zuhörern oder Klienten zumeist persönlich adressierte Botschaften des Trostes oder der Lebenshilfe.
Die Behauptung, diese Botschaften kämen von Verstorbenen, Engeln oder Geistwesen, wird damit begründet, dass sie teilweise sehr präzise Details von Aussehen oder Lebensweise verstorbener Angehöriger wiedergäben....

...Weltweit nehmen viele Religionen und weltanschauliche Bewegungen für sich in Anspruch, dass ihre Lehre auf medialem Weg durch Propheten, Mystiker empfangen wurde; auch der Zungenrede (vorwiegend in der Charismatischen Bewegung) wird eine göttliche Ursache zugesprochen.

Die Bibel beschreibt beispielsweise im 2. Buch Mose, Kapitel 3 und 4, wie Gott mit Mose aus einem brennenden Dornbusch heraus gesprochen und ihm hierbei den Befehl gegeben habe, zurück nach Ägypten zu gehen, um die Israeliten aus der Knechtschaft zu befreien.

Joseph Smith behauptete, eine Wesenheit namens Mormon habe ihm, dem Gründer der gleichnamigen Kirche, das Buch Mormon übermittelt.

Die Entstehung des Koran wird dem Erzengel Gabriel zugeschrieben, der ihn dem Begründer und Propheten des Islam Mohammed diktiert haben soll.

Quelle: Wikipedia

 # Mantis

Ich sitze an meinem Computer. Auf dem Bildschirm vor mir sehe ich eine dunkelhaarige, mütterlich wirkende Frau mittleren Alters. Es ist Mantis. Ben hat Wort gehalten und mir schnell ein Gespräch mit ihr organisiert. Ich bin gespannt und weiß nicht wirklich, was auf mich zukommt. Ich habe nur ein paar Worte mit Mantis gewechselt, aber das scheint auszureichen.

Ihre Augen sind geöffnet, aber ihr Blick ist nach innen gerichtet und ihre Pupillen zucken eigenartig von links nach rechts. Sie scheint in einer Art Trance zu sein.

Sie beginnt ruhig und in einem gleichbleibenden Ton zu sprechen:

„Der Saal der Erde, in dem die Frau abgebildet ist, ist ein Portal für alle, die durch diesen Saal gehen.
Es ist ein Tor, das zu Erinnerung an sich selber führt.
Alles, was in diesem Saal abgebildet ist, wird in der Erinnerung des Besuchers hängen bleiben, wenn er sich mit seinem Faden seiner Reinkarnation verbunden hat.
Alle, die diesen Saal betreten, bekommen automatisch einen Schubs zum ERWACHEN.

Jeder entsprechend seiner eigenen Charakteristiken.
Wer die Bilder in diesen Saal anschaut, wird einen Teil seiner eigenen Geschichte wiederfinden. Und er wird bemerken, dass er jenseits der jetzigen Zeit existiert hat und weiter existiert.
Es reicht, diesen Raum ein einziges Mal besucht zu haben, damit dieser Samen für immer bleibt.
Die weibliche Figur, von der wir sprechen, ist eine Göttin aus dem Norden.

Die Charakteristiken, die bei dieser Figur aufgezeigt werden, sind die einer Göttin, die dem Himmel am nächsten steht.
Es ist eine symbolische Figur, die das Leben jenseits und über die Erde hinaus in sich trägt.
Ben hat dort gefunden, was er in dir gesehen hat, Lila.
Eine Göttin, die seinem heiligen Himmel sehr nahe ist.
Als er dir begegnet ist, hat er ein „Anklopfen" in seiner eigenen göttlichen Sphäre gespürt.
Und als er dich dann im Tempel wiederentdeckt hat, hat er sich an die vielen Begegnungen erinnert, die ihr schon hattet und die vielen Geschichten, die ihr schon erlebt habt in vorhergegangenen Leben.
Es gibt noch viel zu entdecken.
Aber den Rest des Weges braucht es deine Intuition, braucht es deine Sensibilität.

Deine Sternenherkunft ist die, die für eure Beziehung die adäquateste ist.
Ihr erkennt euch über die Augen.
Gebt dem Bedeutung, dass ihr einen langen Weg zurückgelegt habt, um euch jetzt wiederzufinden.
Passt auf, dass ihr diese Begegnung, diese Gelegenheit nicht verbrennt.
Sie ist zu wichtig!
Ihr müsst eure gemeinsame Erfahrung mit Samthandschuhen anfassen, damit eure Beziehung sich nicht auf reine Anziehungskraft beschränkt, sondern ihr eure Inkarnation wirklich zusammenweben könnt.
Dieser Ruf, euch wiederzufinden, habt ihr vor vielen, vielen Leben bestimmt, lange vor diesem Leben.

Ihr seid euch nachgegangen, ihr habt euch gefunden, ihr habt viel zusammen erlebt und dann habt ihr euch verlassen.
Seelenzwillinge, die sich in dieser Inkarnation zum androgynen vollkommenen Wesen verbinden können.
Deshalb ist es jetzt wichtig, dass du, Lila, ganz starke Verbindung aufnimmst mit deinem inneren göttlichen Sein.

Deine göttliche Herkunft ist die von uralten Göttern, die auf die Erde gekommen sind, um die Erde, um die innere Erde fruchtbar zu machen.
Riesenwesen, die von sehr weit entfernten Planeten gekommen sind.
Riesengroße kolossale Raumschiffe, die sehr, sehr viele Personen auf die Erde gebracht haben.
Ein Teil von dir erinnert sich noch an diese Lebenserfahrung.
Ich sehe dich in der damaligen Zeit, als Teil einer Gruppe von Notärzten.
Ärzte, die für Notfälle ausgebildet waren. Wissenschaftliche Ärzte.
Du warst eine der wissenschaftlichen Ärzte, die den Menschen geschaffen haben.
Du hast die genetischen Eingriffe an den Menschen vorgenommen, die den Menschen dazu befähigt haben, sich zu einem höheren Wesen zu entwickeln.
Zusammen mit den *Anunnaki*.

Du hattest in der Vergangenheit viele verschieden Aufgaben, aber diese Aufgabe ist die, die deinem göttlichen Ursprung am nächsten steht.

Und dein göttlicher Ursprung ist der der nördlichen Muttergöttin.
Es ist eine lange Geschichte und man könnte viele Romane darüber schreiben.
Aber wir beschränken uns jetzt auf das, was wichtig ist in dieser Existenz.
Beschützerin des Lebens.
Übergib der Welt das Leben.

Deine Präsenz ist wichtig.
Die Energie, die durch dich fließt, ist wichtig.
Deine Art zu denken und deine Verbindung zu Kindern - die neuen Seelen, die sich inkarnieren. Zeig „Kindern" was sie wirklich sind. Götter des Himmels.
Das Loslassen der Angst.
Vertrauen in die Existenz einer höheren Welt.

Das Gebiet, in dem du dich am besten einbringen und ausdrücken kannst, ist Bildung für jedwedes Alter.
Aber immer in Verbindung damit, das Göttliche der Person auf der Erde zu manifestieren.
Du könntest Schriftstellerin werden für Erzählungen, die die verschiedenen Zeiten verknüpfen, um die Erinnerung der Menschen zu wecken.
Bitte deine Träume.

Bitte vor dem Einschlafen um Führung in deinen Träumen, wie du Geschichten schreiben kannst, die inspiriert sind von einem höheren Gedanken.
Über deine Erzählungen, über das Geschriebene von dir, werden die Menschen, die das lesen, sich an sich selber erinnern.

Erinnerungen, an die sie anders nicht herankommen können.
Die Göttin in dir ist sehr wach.
Vergiss nicht.
Denn alles, was du machst, ist gefärbt durch ihre Farbe.
Alles hat den Stempel dieser göttlichen Farbe.
Du hast sehr viele Farben und sehr viele Fäden, die sich aus der fernen Vergangenheit bis in die heutige Zeit ziehen.
Verbinde dich mit der nordischen Muttergöttin.
Denk daran, dass DU die weibliche Kraft hast. Eine weibliche Kraft, die sehr weit entwickelt ist.
Deine inneren Persönlichkeiten, verschiedene deiner inneren Persönlichkeiten sind verbunden mit vergangenen Leben von starken Frauen, die sich um die anderen gekümmert haben.

Lass über deine Hände die Energie der Mutter fließen.
Der Mutter mit dem großen M.
Über den Fluss in deinen Händen können die, die mit dir in Begegnung kommen, die Teile in sich selbst, derer sie sich nicht erinnern können, aus vergangenen Leben wiederfinden.
Und die Schönheit, die du aus den Menschen herausholst, lass es die Schönheit sein, die daraus entsteht, wenn sich ihre inneren Anteile verbinden und sie dadurch wieder ganz werden.
Auch das, was ich dir über das Schreiben gesagt habe, ist über die Hände.
Ein anderer Ausdruck über deine Hände. Wie du das alles zusammen nutzen kannst - es wird ein Moment kommen, wo dir das glasklar werden wird.

Es gibt ein Kapitel in deinem Leben, das noch vor dir liegt, das mit Gemeinschaftsleben zu tun hat.
Du wirst selber wissen und entscheiden, welche Art und welche Gemeinschaft die Richtige für dich ist."

 # Wer sind wir?

„Wow, mehr fällt mir dazu grad nicht ein."
Ben ist aus Behedeti zurück. Er sitzt in Wien in seiner Kommandozentrale, wie er sein Arbeitszimmer liebevoll nennt, und wir telefonieren via FaceTime.
Ich habe ihm eben das Gespräch mit Mantis, dass ich während unserer Session aufgenommen habe, vorgespielt.
„Nicht, dass es mich besonders überrascht", spricht er weiter. „Es ist genauso, wie es sich anfühlt, aber dass wir tatsächlich Seelenzwillinge sein sollen, ist org. Weißt du, wie unfassbar selten es ist, seinen *Seelenzwilling, seine Dualseele* zu treffen?" Ben lacht.
"Aber es ist auch eine Challenge. Mehr Spiegelung geht nicht, Lila. Sowohl positiv als auch negativ."
Mir sagt das alles nichts. Wie so vieles in letzter Zeit.

Ja, es stimmt tatsächlich mit meinem Gefühl überein. Diese unglaubliche Vertrautheit und Verbundenheit. Von einer Dualseele habe ich aber noch nie zuvor etwas gehört. Aber langsam überrascht mich kaum noch etwas. Ich habe es aufgegeben, nach „vernünftigen" Erklärungen zu suchen und lasse es einfach nur noch geschehen.
„Ach Ben, irgendwie ist das alles schräg. Die Sitzung mit Mantis war super intensiv. Komischerweise hat mich nichts von dem, was sie gesagt hat, wirklich überrascht, obwohl ich vieles noch nie zuvor gehört habe. Dennoch fühlt es sich *wahr* an. Fast so, als würde sie nur Dinge bestätigen, die ich tief in meinem Innersten schon lange weiß." Ich mache eine kurze Pause. Das Gefühl der Sehnsucht überkommt mich.

„Ben, du fehlst mir so sehr!"
Ben schaut mich an, antwortet aber nicht.
Seine Reaktion trifft mich völlig unvorbereitet.
Warum ist Ben zurückhaltend?
Es ist doch alles so KLAR. Er fühlt es doch auch, oder nicht? Er hat es mir doch selber gesagt. Mir selber geschrieben.
Tränen steigen in mir auf und ich versuche sie zurückzuhalten, aber es gelingt mir nicht.
Die warmen Tränen kullern mir über das Gesicht.
„Warum weinst du Lila? Es ist doch alles gut. Nicht traurig sein. Es gibt keinen Grund."
Ich höre was Ben sagt, fühle aber, dass er es nicht wirklich so meint.
„Ach, ich weiß auch nicht," versuche ich zu beschwichtigen und wechsele zurück zu meinem Gespräch mit Mantis.

„Womit ich komplett nichts anfangen kann, ist diese *Anunnaki-* Geschichte", versuche ich abzulenken.
„Wer oder was sind *Anunnaki*?"
Ben lacht. Auch sein Unbehagen lässt sichtlich nach und er bewegt sich wieder auf sicherem Boden.
„Tja, was für ein Zufall. Zum Glück habe ich mich mit dem Thema schon beschäftigt. Warte, ich schick dir was dazu rüber."
Mein Handy vibriert und ich habe einen Link zu Ben's WhatEver Homepage.
„Das sollte vieles erklären", zwinkert Ben mir zu.

*Die **Anunnaki***
Das sumerische Göttergeschlecht sollen weit mehr als nur die Phantasie einer frühen Zivilisation gewesen sein. Gren-

zwissenschaftler sehen in ihnen Außerirdische, die einst den Menschen erschufen. Doch was ist wirklich dran an der Legende der Anunnaki?

In der Geschichtsschreibung sind die Sumerer ein Volk, das 3000 v.Chr. in Mesopotamien gelebt haben soll.
Bis heute gelten die Sumerer als erste Hochkultur.
Sie waren die ersten Menschen, die sich einer Schrift bedient haben.
Zum Vergleich: die Ägypter sollen erst 2000 Jahre nach den Sumerern eine Schrift in Form von Hieroglyphen verwendet haben.
Daneben gelten die Sumerer auch als Erfinder des Rades, der Vorratshaltung, der künstlichen Bewässerung, der Bürokratie sowie des Geldes und Zinswesens.
Das Leben der Sumerer war gezeichnet durch den Rhythmus der Trockenheit und Überschwemmung der beiden Ströme Euphrat und Tigris. Ähnlich wie die Ägypter begannen sie den Himmel und das Wetter zu beobachten und Vorhersagen für Aussaht und Ernte zu bestimmen.
Damit waren die ersten Grundlagen für Kalender und Astrologie geschaffen. Zu einer der bekanntesten Städte der Sumerer zählt das sagenumwobene Babylon.
Bei den Sumerern findet sich erstmalig die Verehrung von Menschen ähnlichen Gottheiten.

Die Hauptgottheiten der Sumerer waren:
An - der Himmelsgott.
Enki - der Schöpfer der Erde und
Enlil - Gott des Windes.
Anunnna war der Ältestenrat der Sumerer und die Anunnaki die Mitglieder dieses Rates.

Der Name setzt sich aus dem Himmelsgott AN und der Erdgöttin KI zusammen.
1843 wurden im heutigen Irak erstmals die Reste eines großen Sumerischen Palastes gefunden.
Zu den wertvollsten Funden zählten u.a. 14 Steintafeln in Keilschrift, die inzwischen als erste menschliche Zeitdokumente gelten.
Die Bilder gefundenen Reliefs und menschlicher Darstellungen sprechen zu dem eine klare Sprache.
Manche zeigen Darstellungen übergroßer Anunnaki und zahlreicher kleinerer Menschen.
Die Menschen arbeiten und schleppen Waren in Körben. Es wirkt wie das Aufkommen einer Herrscherelite, ähnlich wie in Ägypten.
Eine Theorie besagt, dass die Anunnaki Herrscher einer fremden Welt waren.
Ihre Heimat soll einst ein paradiesischer Planet gewesen sein. (Der zwölfte Planet)
Obwohl die Anunnaki über eine sehr hohe Kultur und Moral verfügt haben sollen, zerstörten sie die Atmosphäre ihres Planeten. Um diese zu reparieren, brauchten sie das Gold der Erde.
Erste Anunnaki gründeten dieser Legende zu folge Goldmienen auf der Erde.
Unter der Führung von Anuns Söhnen Enki und Enlil wurde in Mesopotamien Gold abgebaut und zu ihrem Planeten geschickt.
Doch die Anunnaki bauten das Gold nicht selbst ab. Für diese Arbeiten sollen sie ein niederes versklavtes Volk, die Igigi mit zur Erde gebracht haben.
Statt fiktiver Gottheiten könnte es also auf der Erde vor vielen 1000 Jahren tatsächlich eine ausserirdische Rasse

gegeben haben, die die Entwicklung der Spezies Mensch auf der Erde nachhaltig beeinflusst haben.
Die Keilschrift auf den sumerischen Steintafeln soll übersetzt lauten:
„Die von den Sternen kamen".

Zudem lassen sich einige Ereignisse und Geschehen in der sumerischen Geschichte nicht leugnen. Zumal Bildnisse exoteristischer Wesen in den antiken Hochkulturen weltweit zu finden sind. Den Thesen nach sollen die Anunnaki bereits 400.000 Jahre v.Chr. auf der Erde gewirkt und ein weltweites Netzwerk an Städten und Miene betrieben haben. Viele offizielle Datierungen der menschlichen Geschichtsschreibung sind nach Ansicht einiger Wissenschaftler schlichtweg falsch.
Bis vor einige Jahrzehnten gab es wenig offizielle Beweise für diese Thesen. Die Geschichte der Menschheit schien festgeschrieben.

Darwinismus und die Genetische Entwicklung des Menschen aus dem Affen wurden Gesetz. Nachdem die alten religiösen Dogmen keine zufrieden stellenden Antworten mehr geliefert haben.
Seit einigen Jahren tauchen auf der Erde allerdings vermehrt Fundstücke auf, die bisherige Daten und Annahmen des Alters der Menschheit immer wieder auf den Kopf stellen.
Neue Untersuchungen ergeben verwirrende Daten.
Seit der ständigen Weiterentwicklung der Kohlenstoffdatierung werden immer mehr Erkenntnisse möglich. Allerdings ist auch diese Methode nicht frei von Fehlern und reicht sicher nur etwa 60.000 Jahre zurück.
Aber wie alt ist die Menschheit jetzt wirklich?

Wir alle kennen die Geschichten der Entwicklung vom Affen zum halb aufrecht gehenden Höhlenmenschen und später soll sich daraus der Homo Sapiens entwickelt haben.
Allerdings gab es in der Entwicklung zu dem modernen Menschen einen Sprung, den ehrliche Wissenschaftler bis heute nicht erklären können.
Die moderne Form des Menschen ist erstmalig vor 10.000 Jahren aufgetaucht.
Älteste Funde humanoider Knochen erster aufrecht gehender menschlicher Wesen wurden allerdings erst vor einigen Jahren auf ein Alter von 1,75 bis 1,8 Mio. Jahre datiert. Bis zu diesem Fund geisterte ein Alter von etwas 600.000 Jahre durch die Geschichtsbücher. Die Suche auf die Frage nach dem tatsächlichen Alter der Menschheit ist somit nicht abgeschlossen. Niemand kann derzeit wirklich etwas beweisen.
Es kommen die immer gleichen Fragen auf.
So ist im Gesamtsystem der Erde eines besonders bemerkenswert.
Die Menschheit, die gemäß der alten religiösen Weltanschauung als Krone der Schöpfung gilt, ist die einzige Spezies, die zielsicher ihre eigene Lebensgrundlage zerstört.
Bereits frühe Kulturen zeichneten sich durch Übernutzung von Ressourcen und daraus folgenden Engpässe, Kriege und Kämpfen aus.
Dazu hat der Mensch ein Erscheinungsbild entwickelt, das ihm kein natürliches Überleben im Ökosystem ermöglicht. Der moderne Mensch scheint tatsächlich fremd auf diesem Planeten zu sein.
Die Legende der Anunnaki erzählt, dass Igigi irgendwann rebellierten und Enki eine neue Arbeiterrasse brauchte. Nach Abstimmung mit dem Rat der Anunnaki soll er aus damaligen früheren Menschentypen eine leicht zu kontrol-

lierende humanoide Rasse erschaffen haben. Die Anunnaki müssen Kenntnisse über Gen-Manipulation oder künstliche Befruchtung besessen haben. Eventuell vermischten sie frühere Menschen auch mit einer anderen, uns unbekannten Spezies. Der erste daraus erschaffene Menschentyp soll recht wild und nicht fortpflanzungsfähig gewesen sein. Nach der Aufgabe der Goldminen sollten diese Wesen zurückgelassen werden und aussterben.

Enki hatte inzwischen aber Gefallen an der Erde und seinen Züchtungen gefunden.
Er wollte sich auf der Erde ein neues Reich erschaffen.
Um sich selbst mit gehorsameren Sklaven zu umgeben, kreuzte er die bisherige derbere Arbeiterklasse mit dem Erbgut der Anunnaki.
Dadurch entstand eine Mischwesenheit. Die heller und größer war als die bisherigen Menschentypen.
Von seiner Schöpfung war Enki so begeistert, dass er neben der männlichen Form „Adamo" auch eine weibliche Form schuf und die neuen Menschen so fortpflanzungsfähig machte.
Der Ältestenrat sah dies allerdings mit Vorbehalt.
Dennoch ließen sie Enki zuerst gewähren.
Als die Anunnaki die Erde endgültig verlassen wollten, gab es ein großes Gericht über den Verbleib der menschlichen Rassen.
Unter ihnen hatten sich inzwischen Kreuzungen aus den wilderen Arbeitern und Anunnaki ähnlichen Frauen gebildet.
Die Ältesten sahen die Entwicklung der unberechenbaren Spezies kritisch und wollten sie vernichten. Enki setzte sich aber für deren Fortbestehen ein.

Da die Ältesten aber wussten, dass ein natürlicher Wetterzyklus bald eine gewaltige Flut über die Erde schicken würde, gingen sie davon aus, dass die meisten der Züchtungen sowieso sterben würden.
So ließen sie die Menschen vorerst am Leben.
Enki aber setzte alles daran, seine Schöpfung zu retten und weihte einige Auserwählte in die zukünftigen Ereignisse ein. Er wies sie an, riesige Schiffe zu bauen und die Flut mit ausreichend Tieren und Vorräten zu überdauern.

Viele der sumerischen Geschichten rund um die Anunnaki sind später in die Bibel eingeflossen.
Plötzlich würden Schöpfungsgeschichten, wie die von Adam und Eva einen Sinn ergeben.
Die Menschen lebten in der paradiesischen Versorgung durch die Anunnaki und waren dann plötzlich auf sich alleine gestellt. Die Vertreibung aus dem Paradies.

Bis heute soll es unterschiedliche Typen Menschen geben. Die eine stammen eher von den hochgeistigen Anunnaki ab, andere gleichen den wilderen Mischtypen.
Verschwörungstheorien besagen, dass sich aus den verbliebenen oder zurückgekehrten Anunnaki die Herrscherelite der Welt ausgebildet habe.
Hinter dem Hochadel und anderen bedeutenden Persönlichkeiten würden sich in Wahrheit ausserirdische Wesen verstecken.
Ein zwölfter Planet konnte bisher nicht entdeckt werden.
Den Übersetzungen der Steintafeln nach verlaufe dieser auf einer sonderbaren Umlaufbahn und passiert alle 3600 Jahre unser Sonnensystem.
Auf der Erde würde sich dies durch häufigere Unwetter, das Schmelzen der Pole und Erdbeben bemerkbar machen.

Enki und Enlil führen ihren Kampf um das Fortbestehen der Menschheit indes weiter.
Enki fördert in Erscheinungen wie z.B. Jesus Christus die geistige Entwicklung der Menschen. Wenn sie einst ihre Gewalt und Zerstörungswut überwunden haben, würden sie den Göttern ähnlich werden.
Dann wäre die Zeit gekommen, dass sich die Anunnaki den Menschen wieder zeigen.

Enlil dagegen möchte in einigen Theorien in Zusammenarbeit oder Gestalt des Satans die Menschheit im Dunkeln belassen, kontrollieren und vernichten.

Seelenreise

Ich sitze in meinem Auto und bin auf der A14 kurz vor Dresden unterwegs.
Es ist relativ früh am Morgen und die Straße ist herrlich leer. Die Sonne scheint und ich genieße die freie Fahrt.
Ich habe mir zwei Wochen Urlaub von zuhause gegönnt und bin mit Ben in Prag verabredet.
Nach vielen langen Telefonaten und unzähligen Nachrichten, aber auch Ängste und Tränen, ist es jetzt endlich soweit.
Ben wird heute Nachmittag mit dem Flugzeug aus Wien ankommen. Ich kann es kaum erwarten, ihn wiederzusehen.
Wir wollen die ersten Tage zusammen im „Paris des Ostens" verbringen und danach gemeinsam mit meinem Auto weiter nach Österreich zu fahren.
Ich möchte sein Land kennenlernen. Sehen, wo er lebt, und noch mehr verstehen, wer er ist. Ich habe das Gefühl, mit ihm am Anfang einer langen Reise zu stehen, die jetzt endlich beginnen darf.

Nikolas und Max sind vor ein paar Tagen zu Nikolas' Eltern an die Ostsee gefahren.
Dass ich nicht mitkomme und lieber nach Prag fahre, ist für Nikolas nicht weiter ungewöhnlich. Wir machen schon seit einigen Jahren keine gemeinsamen Ferien mehr. Entweder bin ich mit Max unterwegs oder er. Nach unserem letzten Familienurlaub, den wir mit seinen Eltern auf Sardinien verbracht haben und der desaströs endete, haben wir uns dazu entschlossen, solche Experimente zukünftig besser sein zu lassen.

Der Kontakt zu meinen Schwiegereltern lag seitdem mehr oder weniger auf Eis.
Max konnte es kaum abwarten und wollte so schnell wie möglich zu Oma und Opa, die eine Ferienwohnung direkt am Strand besitzen.
Es sind Sommerferien und halb Deutschland wird sich dieses Jahr an den Nord- und Ostseestränden versammeln.
Fernreisen sind wegen des „Virus" zwar erlaubt, aber nur unter strengen „Sicherheitsmaßnahmen" durchzuführen. Die meisten Menschen trauen sich aktuell ohnehin nicht.
Dennoch möchte offensichtlich niemand auf seinen „wohlverdienten Urlaub" verzichten und so tummelt sich jetzt alles an den heimischen Stränden.
Offensichtlich ist das „Virus" zuhause nicht so gefährlich wie im Ausland. Aber über Sinn und Unsinn dieser Tage mache ich mir schon lange keine Gedanken mehr.

Ich habe inzwischen über die Hälfte der Strecke geschafft und schaue auf die Uhr.
8:30 Uhr. Ob das zu früh ist, um Toni anzurufen? Ich denke nicht weiter darüber nach und wähle ihre Nummer über meine Freisprechanlage.
„Anruf TONI."
„TONI wird angerufen", antwortet mein Jeep brav.
Es klingelt.
„Hey Puppe", flötet Toni mir fröhlich entgegen. Offensichtlich nicht zu früh, um bei ihr durchzuklingeln.
Im Hintergrund kann ich mehrere Leute sprechen hören.
Aus einem unserer letzten Telefonate weiß ich, dass sie zur Zeit mit Paul und Horst in Österreich ist. Kai hat sie

eingeladen, in einem seiner Hotels ihr Quartier aufzuschlagen.

„Hey Toni, du kleine Powermaus. Wie geht es dir? Schon wieder in Aktion?"

„Na logo. Bin grad beim Frühstück. Und du? Auf dem Weg zu deiner besseren Hälfte?"

Toni lacht.

Ich muss auch schmunzeln.

„Hehe, ob Ben meine BESSERE Hälfte ist, kann ich noch nicht sagen, aber er ist auf jeden Fall meine ZWEITE Hälfte. Fühlt sich jedenfalls so an…und nach dem Gespräch mit Mantis habe ich daran keine Zweifel mehr."

Ich mache eine kurze Pause.

„Das ist tatsächlich auch der Grund, warum ich dich anrufe", spreche ich weiter.

„Es lässt mir einfach keine Ruhe und so ganz richtig verstehe ich dieses Zwillingsseelen-Ding auch noch nicht. Du hast dich doch sicherlich während deiner Zeit mit deinem Buddi-Ex mit diesen Themen „Wiedergeburt und Seelenreise" beschäftigt, oder?"

Toni überlegt kurz.

„Hmmm, das ist ein relativ komplexes Thema. Und bei den Buddhisten kommt die „Zwillingsseele" eigentlich nicht vor. Die Buddhisten glauben, vereinfacht gesprochen daran, dass du immer wieder geboren wirst und in jedem deiner Leben bestimmte Aufgaben zu meistern hast.

Stichwort: „Karmakörbchen"

Ursache und Wirkungsprinzip. Je nachdem, wie du dein aktuelles Leben lebst, bekommst du im nächsten Leben entweder ein Upgrade oder ein Downgrade."

Toni lacht.
„Und wer es total vergeigt, kommt als Küchenschabe wieder."
Sie macht eine kurze Pause.
„Weißt du was, Puppe, ich hab grad ein bisschen Zeit und du düst ja noch ein paar Stunden über die Autobahn. Ich schau mal, ob ich irgendetwas zu dem Thema als Hörbuch oder bei YouTube finde. Hör dir das einfach während der Fahrt an. Ich möchte dir auch nichts Falsches erzählen."
Ich finde die Idee super. „Du bist ein Schatz. Danke Süße!!"
Einen kurzen Tankstopp und einen Kaffee to go später, habe ich die gesuchten Links von Toni zugeschickt bekommen und höre mir den Rest der Fahrt alles zum Thema Zwillingsseele (auch Dualseele genannt) und Reinkarnation an.
Um Punkt 11:11 Uhr (Zufall) komme ich in Prag an.
Nur noch wenige Stunden, bis ich Ben endlich wiedersehe. Ich kann es kaum erwarten.

Reinkarnation
bezeichnet die Vorstellungen der Art, dass eine (zumeist nur menschliche) Seele sich nach dem Tod – der „Exkarnation" – erneut in anderen empfindenden Wesen manifestiert. Vergleichbare Konzepte werden etwa auch als Transmigration, Seelenwanderung oder Wiedergeburt bezeichnet.
Der Begriff Reinkarnation bezeichnet keine bestimmte Lehre, sondern fasst eine Vielzahl verschiedener Lehren zusammen, die in verschiedenen Ausprägungen Bestandteil von diversen Religionen sind.

Die zahlenmäßig bedeutendsten Glaubensrichtungen, in denen Reinkarnation eine zentrale Rolle spielt, sind der Hinduismus und der Buddhismus.

Nach hinduistischer Vorstellung ist der Mensch in seinem innersten Wesen eine unsterbliche Seele, die sich nach dem Tode des Körpers in einem neu in Erscheinung tretenden Wesen – einem Menschen, einem Tier oder auch einem Gott– wieder verkörpert.

In welcher Art von Wesen das Individuum wiedergeboren wird, hängt von den Taten in vorherigen Existenzen ab, woraus sein Karma resultiert. „Wie einer handelt, wie einer wandelt, ein solcher wird er. Aus guter Handlung entsteht Gutes, aus schlechter Handlung entsteht Schlechtes", lehren die Upanishaden.

Karma ist verknüpft mit der Vorstellung einer sittlichen Weltordnung, dem Dharma, wodurch alle Handlungen gemäß dem Prinzip von Ursache und Wirkung die Voraussetzung für die künftige Wiedergeburt darstellen.

Ein jedes Wesen besteht aufgrund seines in früheren Daseinsformen angesammelten Tatenpotenzials, welches das Gesamtergebnis einer jeden Existenz bewirkt.

Folglich ist der Tod nicht der Abschluss des Lebens, sondern lediglich der Übergang zu einer neuen Daseinsform.

In einigen hinduistischen Richtungen existieren die Motive von Himmel und Hölle.

Sie schildern verschiedene Himmel, wo die Seele mit gutem Karma sich eine Weile in überirdischen Freuden aufhalten kann; die Mythologie malt ebenso Bilder von schrecklichen Höllen, in der er solange großes Leid erfährt, bis sein schlechtes Karma verbraucht ist.

Doch der Aufenthalt ist in beiden Fällen nicht ewig: Nach einiger Zeit kehrt das Individuum auf die Erde zurück, um

wieder und wieder geboren zu werden – bis zur endgültigen Erlösung durch das Aufgehen in der Weltseele (Brahman).
Dieser Kreislauf der Wiedergeburten gilt als Naturgesetz; Kategorien wie Strafe oder Belohnung spielen in diesem Zusammenhang keine Rolle.

Der Buddhismus schließt an die Wiedergeburts- und Karma-Lehre an, lehnt jedoch die Existenz einer ewigen, die Inkarnationen überdauernden Seele ab.
Wiedergeburt wird hier verstanden als „Bedingtes Entstehen", indem die Taten eines Menschen und das sich aus ihnen ergebende Karma eine neue Geburt bedingen, ohne dass etwas von der einen Person in die andere übergeht.

Karma ist im Buddhismus die den Wesen innewohnende Fähigkeit zu gezieltem, absichtsvollem Handeln, aber auch das Prinzip von Ursache und Wirkung.
Auf individueller Ebene bedeutet Karma Tat, Handeln, Wirken, und dessen Folgen in diesem und folgenden Leben.
Jede positive oder negative Erfahrung ist durch eine frühere positive oder negative Tat – als körperlicher, sprachlicher und gedanklicher Ausdruck – bedingt und führt ihrerseits wieder zu positiven oder negativen Auswirkungen, verändert somit das Karma.
Diese Auswirkungen sind nicht zufällig, unterliegen aber auch keinem höheren Diktat wie etwa Fügung, Vergeltung.
Die Wiedergeburt kann in Menschenform geschehen, aber auch – bei schlechtem Karma – „im Tierreich, im Reich der Hungergeister und Dämonen oder als gequälter Insasse in einer der 8 Haupt- und 160 Nebenhöllen" sowie – bei gutem Karma – in einer Himmelswelt.

Neben den positiven oder negativen Umständen der Geburt bedingt das Karma auch den Charakter des Geborenen, da die sechs „Wurzeln des Karma" (Gier und Selbstlosigkeit, Hass und Güte sowie Verblendung und Weisheit) die Tendenz haben, ihnen Ähnliches im selben oder in einem folgenden Leben hervorzurufen.

Die Ursachen der Wiedergeburten liegen nach buddhistischer Auffassung in den drei unheilsamen Wurzeln des Karma: in Gier, Hass und Unwissenheit oder Verblendung

Die großen christlichen Kirchen und entsprechend auch die meisten Theologen lehnen die Vorstellung der Reinkarnation ab.

In der Bibel finden sich keine Reinkarnationsvorstellungen, nicht einmal Anspielungen.

Auch die Vermutung, reinkarnationsrelevante Stellen seien im Verlauf der Textgeschichte eliminiert worden, hängt im luftleeren Raum.

Dennoch finden sich vor allem in der esoterischen Literatur der letzten Jahrzehnte zahlreiche Bibelinterpretationen, in denen Zitate aus dem Neuen wie auch dem Alten Testament als Belege für Reinkarnationsvorstellungen gedeutet werden.

Im frühen Christentum waren Reinkarnationsvorstellungen verbreitet, da sie in der platonischen Philosophie geläufig waren und durch konvertierte Heiden in christliche Milieus eingebracht wurden.

Die Kirchenväter wandten sich jedoch gegen derartige Tendenzen, da sie eine Reinkarnation in mehrfacher Hinsicht als mit dem christlichen Glauben unvereinbar betrachteten, und dies ist bis heute die Haltung der großen christlichen Kirchen.

Im späten 19. Jahrhundert entwickelte sich in Europa ein vermehrtes Interesse am Buddhismus mit seinen Reinkarnationsvorstellungen, nachdem buddhistische Quellen in Übersetzungen vorlagen und religionswissenschaftlich aufgearbeitet wurden.

*Das Konzept der **Dualseele** besagt, dass sich EINE Seele (aus bisher unbekannten Gründen) in ZWEI Seelen aufteilt.*
Diese beiden Seelen inkarnieren getrennt voneinander in zwei unterschiedliche Körper, um dann wieder EINS zu werde.
Die beiden Dualseelen sind allerdings nicht völlig identisch. Sie besitzen komplementäre, sich ergänzende Aspekte.
Sichtbar werden die Dualseelen über ihre Aura..
Beide Dualseelen zeichnen sich durch eine hellblaue, nicht gleichmäßig gefärbte Kopfaura aus. Dies unterscheidet sie von anderen Seelen und stellt gleichzeitig ihre Gemeinsamkeit dar.
Innerhalb dieser Gemeinsamkeit bilden die beiden Dualseelen komplementäre Gegensätze.
Die Eine hat eine hellblaue Energieaura um ihren feinstofflichen Kopf, rechts dunkler als links.
Bei der anderen Seele ist es genau umgekehrt. Links dunkler als rechts.
Dieses kann auch auf Wesenseigenschaften der Dualseelen übertragen werden.
Das Konzept der Dualseele besagt auch, dass man die Erlösung, die Selbstverwirklichung, nur erreichen kann, wenn der Andere wieder mit einem verschmilzt.
Das bedeutet, dass man in einem Leben so sehr miteinander verschmilzt, dass nach dem physischen Tod die Dualsee-

len wieder eins werden. Erst danach kann die wieder geeinte Seele weiter nach Erlösung, nach Erleuchtung streben.

Nach der Theorie der Dualseele besteht eine intensive Liebe zwischen zwei Menschen, basierend auf den Aspekten:

- *Gleich zu gleich gesellt sich gern*
- *Gegensätze ziehen sich an*

Dualseelen verbinden beides miteinander:
Sie haben etwas, was sie tief in ihrer jeweiligen Seele verbindet - da sie ja eigentlich eins sind.
Und sie haben etwas, das sie extrem unterscheidet - das sie im anderen suchen, weil es ihnen fehlt.
Das kann dazu führen, dass die Liebe zwischen den Beiden sehr intensiv ist - und oft leider auch problematisch.
Denn man liebt im anderen nicht den Anderen, sondern die verborgenen Anteile in sich selbst.

Vor dem Erkennen der Dualseele steht allerdings das Finden. Seine Dualseele zu finden, dürfte eine schwerere Herausforderung darstellen, als sie dann zu erkennen. Die beste Chance die Dualseele zu finden, besteht darin, sich dafür innerlich bereit zu machen, sich als gereifter Partner zu erweisen. Damit erzeugen sie die erforderliche Resonanz. Verfügen sie über diese erforderliche Resonanz, werden sie zueinanderfinden.
Selbst wenn sie sich gar nicht suchen, sie werden sich finden.
Manchmal werden Zwillingsseelen und Dualseelen gleich gesetzt - manchmal werden sie unterschieden. Man könnte sagen, eine Dualseele braucht die andere.

Eine Zwillingsseele hat eine tiefe Beziehung zur anderen Zwillingsseele, kann sich aber auch alleine fortentwickeln. Die Liebe zweier Menschen, die sich als Zwillingsseelen sehen und fühlen, ist sehr intensiv und vertraut und dabei weniger problematisch als die Liebe zwischen Dualseelen.
Quelle: Wikipedia

 **Prag**

SMS Ben:
Bin in Wien am Flughafen.
Gleich ist Boarding.
Nur noch ein paar Stunden. x

SMS Lila:
Freu! Freu! Freu!
Bin schon im Hotel.
Zimmernummer 222 ;)

SMS Ben:
222?? Wirklich?
02.02.82
Mein Geburtstag ;)

SMS Lila:
Tsss…was für ein Zufall ;)
Guten Flug und komm heil an.

SMS Ben:
Bis gleich xxx

18:45 Uhr.
Tock, tock, tock klopft es an die Tür!
Ben ist da.
So lang gewartet, so sehr vermisst und jetzt nur noch ein paar Augenblicken von einem Wiedersehen entfernt.

Die letzten Stunden haben sich wie Kaugummi in die Länge gezogen.
Nach einer kleinen Erkundungstour durch die Prager Innenstadt (dank des „Virus" kann man sich aktuell die besten 5 Sterne Hotels in zentraler Lage für ganz kleines Geld leisten) und einer Weißweinschorle gegen die Aufregung habe ich die vergangenen zwei Stunden damit verbracht, nervös im Zimmer hin und herzulaufen und im fünf Minuten Rhythmus die Flughafen-App von Wien und Prag zu checken.
Der Versuch, eine Folge meiner aktuellen Netflix-Serien zu schauen, war kläglich gescheitert.

Ich gehe zur Tür und halte einen Moment inne.
All die Emotionen der letzten Wochen schießen auf einmal in meinen Körper und lassen meine Knie weich werden.
Als ich die Tür öffne, fallen wir uns direkt in die Arme.
Das Vermissen, die Tränen, alles ist auf einmal verschwunden.
Es ist so schön, Ben wieder zu spüren, festzuhalten und einfach nur in dem Moment zu sein.
Kein WhatsApp, kein Face Time, kein Traum, kein Gedanke.
In diesem Augenblick ist alles nur noch Gefühl. Keine Zweifel. Alles KLAR.

„Hey! Da bin ich. Bin quasi gar nicht weg gewesen!"
Ben lächelt und ich schaue in diese mir so vertrauten blauen Augen.
„Ja, da bist DU."
Mehr Worte braucht dieser Moment nicht.
Ben schmeißt seine Sachen in die Ecke und zieht mich aufs Bett.
Er nimmt mein Gesicht liebevoll zwischen seine Hände und wir küssen uns.
Lange und intensiv.
Mir schießen kurz die Worte von Mantis in den Kopf:
„Passt auf, dass ihr diese Begegnung, diese Gelegenheit nicht *verbrennt*.
Sie ist zu wichtig!"
Aber ich stehe in Flammen und es fühlt sich nicht falsch an.
Als wir miteinander schlafen, scheinen sich die Grenzen zu verlieren.
Ich fühle mich außerhalb meines Körpers und vollkommen eins mit Ben. So als würden unsere Seelen in einer anderen Dimension miteinander verschmelzen.
Die Zeit steht still.

Wir verlassen das Zimmer erst am nächsten Morgen wieder.
Nach einem Frühstück im Hotel wollen wir gemeinsam durch die Stadt stromern. Auch für Ben ist es der erste Besuch in Prag.

Wie wir schon im Hotel bemerkt haben, ist die City relativ übersichtlich besucht. Normalerweise schieben sich rund ums Jahr vor allem Asiaten und andere Touris-

ten durch die kleinen Straßen und über die Karlsbrücke. Besonders im Sommer.
Aber dieses Jahr ist alles anders.
Das „Virus" hat die Stadt leergefegt.
Interessant war eine Bemerkung des Kellners beim Frühstück, mit dem wir kurz ins Gespräch gekommen sind.
„Wir sind ja zum Glück noch gut bei allem weggekommen. Nicht so wie in den anderen Ländern".
Als ich nachfrage, wie er das meine, legt er nach: „Naja, wir hatten kaum Kranke.
Jedenfalls kenne ich niemanden. Aber bei euch sah es ja viel, viel schlimmer aus. Haben wir aus den Medien"
Ich muss lachen. „Tja, das Gleiche dachten wir über euch!"
„Findest du es nicht komisch, dass sie in jedem Land offensichtlich die gleiche Story erzählen? Wir haben Glück, aber die ANDEREN…", frage ich Ben, während wir Hand in Hand durch die alten Gassen schlendern.
Er muss nicht lange überlegen.
„Nein, das wundert mich gar nicht und überrascht mich null. Tatsächlich überprüfen kannst du als normaler Mensch doch nur das, was direkt vor deinen eigenen Augen abläuft. Und die meisten hinterfragen noch nicht einmal das. Die wenigsten informieren sich abseits der Mainstream-Medien. Entweder, weil sie es nicht können, nicht wollen, oder einfach zu bequem sind.

Die Gesellschaft, die ganze Welt ist hervorragend darauf trainiert und konditioniert worden.
Dass das „Virus" offensichtlich als Trojaner genutzt wird, sehen nur die Wenigsten.

Um die Angst hochzuhalten, verbreitet man Horrorgeschichten aus anderen Ländern. Wer traut sich denn tatsächlich hinzufahren und es zu überprüfen?
Die meisten Menschen sind verängstigt und verschanzen sich, wie von der Regierung angeordnet, zuhause. Und die Wenigen, die sich wirklich trauen, werden zu Verschwörungstheoretikern, Nazis oder einfach Idioten erklärt.
Das System funktioniert perfekt."
„Aber meinst du wirklich, wirklich, wirklich, dass das ALLES nur ein großer Bluff ist und es eigentlich um was völlig anderes geht?", frage ich Ben.
Ein Teil von mir ahnt, dass es so ist, aber ein anderer Teil möchte es einfach nicht glauben.
„Ach Lila, wirklich WISSEN tut es niemand. Nur die, die am Drücker sitzen. Aber es deutet einfach extrem viel darauf hin.
Der ganze Schwindel scheint so groß, dass die meisten Menschen ihn gar nicht erfassen können.
Die gesamte Menschheitsgeschichte wurde und wird seit jeher verdreht.
Erinnere dich nur an die sumerische-Geschichte und die Anunnakis.
Hast du jemals zuvor irgendetwas davon gehört?
Wenn man gezielt danach sucht, kann man darüber etwas finden, aber in der Schule z.B. wird dir niemals irgendjemand etwas darüber erzählen.
Stell dir vor, was los wäre, wenn die Menschen auf einmal begreifen würden, dass sie vielleicht doch „größer" sind und mehr Fähigkeiten besitzen, als ihnen immer eingeredet wurde?
Wir sind Riesen, Lila. Riesen, denen man eingeredet hat Zwerge zu sein.

Denn Zwerge lassen sich besser kontrollieren.
Und um nichts anderes geht es. Macht, Geld und Kontrolle. Schon immer und zu jeder Zeit.
Es gibt immer die, die „herrschen" und
die, die „dienen". Eine Elite und ihre Sklaven. Und die besten Sklaven sind die, die gar nicht wissen, dass sie Sklaven sind.
Schau dich um, Lila. Alle, die du hier durch die Straßen laufen siehst, sind Sklaven eines Systems. Aber würdest du sie fragen, würden sie sagen, dass sie frei sind. Dabei ist von denen keiner frei.
Auch wir nicht.
Wir arbeiten, zahlen Steuern, konsumieren, verschulden uns und opfern unsere Lebenszeit für ein System, in der die Reichen immer reicher und die Armen immer ärmer werden. Diese Spirale dreht sich immer schneller. Aber alles ist endlich und wir befinden uns aktuell in der Endphase.
Diese Strukturen sind seit Jahrhunderten, wenn nicht sogar Jahrtausenden so.
Die Kirche hat das System irgendwann perfektioniert und komplett pervertiert, in dem sie angefangen haben, Texte und die Geschichte so zu verdrehen und festzuhalten, wie es für SIE von Vorteil war.
Und da in der damaligen Zeit nur der Adel und die Gelehrten des Schreibens und Lesens mächtig waren, war es auch ein Leichtes für sie, das zu tun.
Die Inquisition hat dann den Rest erledigt. Altes Wissen, Bräuche, Überlieferungen, die durch die Kirche zu verbotenen heidnischen Ritualen erklärt wurden, wurden fast komplett ausgerottet.

Du ahnst gar nicht, wie viele geheime Dokumente im Vatikan gelagert werden, von denen die Menschen nichts wissen.
Aber die „Eliten" wissen noch um diese alten Dinge und Energien.
Und sie setzten sie auch ein.
Sie wissen um die Kraft der Gedanken. Sie wissen um die Kraft des Manifestierens. Sie wissen, was Energetisches Arbeiten ist. Nicht ohne Grund existieren noch heute die verschiedenen Orden und Geheimbünde mit ihren Ritualen und Geheimnissen."
Ben macht eine kurze Pause.
Meine Gedanken rotieren.
Ich muss an den Abend auf der Ski-Hütte mit Svens Onkel und unser Gespräch denken und erzähle Ben davon.
„Tja Lila, dann hast du ja schon mit diesen Menschen Bekanntschaft gemacht und weißt, dass es sie tatsächlich gibt. Es gibt so vieles, von dem wir nichts wissen sollen.
- Denk an Platons Höhlengleichnis."

Ben zieht mich zum Schaufenster von einem der vielen kleinen Souvenir-Shops.
„Hier in Prag gibt es überall diese kleinen *Tempelritter*-Figuren. Ist dir das schon aufgefallen?"
Ich schaue mir den kleinen Ritter in seinem weißen Umhang und dem großen roten Kreuz auf seiner Brust an und erkenne ihn sofort.
„Ach nee, von denen haben wir ganz viele zuhause. Max sammelt diese Figuren."
Ben lacht. „Wer weiß, vielleicht war er ja in einem seiner früheren Leben ein kleiner Templer."

Wir gehen weiter. Langsam habe ich Lust, etwas zu essen.
Es ist inzwischen Mittag und die Sonne brennt vom wolkenlosen Himmel auf uns herunter. Etwas zu trinken wäre jetzt auch nicht schlecht.
Wir gehen in ein kleines Straßencafé und bestellen uns Pasta und eine große Flasche Wasser.
Es ist verrückt. Selbst unter freiem Himmel und bei über 30 Grad, tragen einige Menschen freiwillig einen Mundschutz.
Die Angst scheint auch hier noch allgegenwärtig.

„Und was hat es jetzt mit diesen *Templern* auf sich?" greife ich unser Gespräch wieder auf.
Ben zieht an seiner Zigarette, die er sich eben angesteckt hat.
„Die Templer sind ein gutes Beispiel dafür, was passiert, wenn man zu einflussreich und den Herrschenden, der Elite, damit „gefährlich" wird.
Weißt du, warum Freitag der 13. als Unglückstag gilt?"
Ben nimmt noch einen tiefen Zug.
„Hmm, keine Ahnung. Aberglaube denke ich."
„Zufall meinst du?", zwinkert Ben mir zu.
Da ist sie wieder, diese tiefe Verbundenheit. Es sind diese kleinen Gesten, die mir so unglaublich vertraut sind.
„Am Freitag, dem 13. Oktober 1307 ließ Papst Clemens V die Templer verhaften. Sie wurden der Ketzerei angeklagt. War damals die Standartanklage für alles und jeden, den man loswerden sollte. Hat immer funktioniert. Ungefähr so wie heute die „Nazinummer".
Ich muss lachen. Ben hat Recht. Traurig, aber wahr.

*Der **Templerorden** war ein geistlicher Ritterorden, der von 1118 bis 1312 bestand. Seine Mitglieder werden als Templer, Tempelritter oder Tempelherren bezeichnet. Sein voller Name lautete Arme Ritterschaft Christi und des salomonischen Tempels zu Jerusalem.*
Der Ritterorden wurde 1118 im Königreich Jerusalem gegründet. Er war der erste Orden, der die Ideale des adligen Rittertums mit denen des Mönchtums vereinte, zweier Stände, die bis dahin streng getrennt waren. In diesem Sinne war er der erste Ritterorden und während der Kreuzzüge eine militärische Eliteeinheit. Er unterstand direkt dem Papst.
Die zahlreichen Pilger in den bergigen Regionen der Strecke von Jaffa über Ramla nach Jerusalem zogen vermehrt Räuber an. Daher waren die Straßen von der Küste ins Landesinnere sehr unsicher, nicht zuletzt auch deshalb, weil der Großteil des Kreuzritterheeres nach Europa zurückgekehrt war. Aus diesem Grund bestand kaum Schutz vor Überfällen, weswegen es bei der Gründung des Ordens um 1118 seine erste und ursprüngliche Aufgabe war, die Straßen des heiligen Landes für die christlichen Reisenden zu sichern.

Der erste Kriegseinsatz des Ordens anlässlich der Belagerung von Damaskus im Jahre 1148 endete in einem Fiasko. Zahlreiche – wenn nicht sogar die meisten – Templer fielen im Kampf. Die Reihen wurden jedoch wieder aufgefüllt, und die Templer nahmen an allen größeren militärischen Aktionen im Heiligen Land teil.
Wie die anderen Orden blieben die Templer vom Königreich Jerusalem unabhängig und wurden zu einer eigenständigen politischen Kraft. Der Orden beteiligte sich aktiv an der Vertreibung der Mauren (Reconquista) von der Iberischen Halbinsel.

Die Templer beschäftigten sich nicht nur mit dem Kriegshandwerk: Die Einkünfte der europäischen Komtureien mussten nach Outremer, den lateinischen Staaten im Heiligen Land, transportiert werden. Diese Transporte begründeten die Finanzaktivitäten des Tempels.

Zunächst dienten die Tempelhäuser im Osten nur als Tresore und Schatzkammern des Landes, schon für das Jahr 1135 sind erste Verleihgeschäfte verbürgt.

Gegen Ende des 12. Jahrhunderts machten die Templer Geldanleihen zu einer regulären geschäftlichen Betätigung und wurden zu einer europaweiten Finanzmacht. Ihr finanzieller Ruf war dabei so gut, dass auch Muslime ihre Dienste in Anspruch nahmen.

Die Templer erfanden eine eigene Art der Kreditbriefe (Vorläufer der heutigen Reiseschecks) sowie fortschrittliche Techniken der Buchführung.

Etwa 15.000 Ordensmitglieder verwalteten um die 9000 über ganz Europa verstreute Besitzungen (von denen nur ein geringer Teil eigenständige Komtureien waren). Ihre Aufgabe war es, Gewinne zur Finanzierung des Kampfes in Palästina zu erwirtschaften und Männer anzuwerben.

Zu den bekanntesten zählen die beiden „Hauptquartiere", der Temple in Paris und die Temple Church in London sowie die Siedlung um die Komturei Tempelhof (Tempelhoffe, 1290), das heutige Berlin-Tempelhof, wo die burgartig erhöhte und ummauerte Dorfkirche Tempelhof im Alten Park das letzte Überbleibsel dieser alten Templerkomturei darstellt.

Ebenso wie die Gründung des Ordens vollzog sich sein Ende in mehreren Schritten.

Die Gründe waren vielfältig. Zum einen verfestigten sich zwischen 1100 und 1300 zunehmend die Strukturen der Königreiche. Wo man zuvor erst Christ und dann bei-

spielsweise Untertan des französischen Königs war, kehrte sich dieses Verhältnis allmählich um.

Die Könige betrachteten die supranational organisierten päpstlichen Orden zunehmend mit Misstrauen, besonders da die Mönchsritterorden das größte stehende und auch im Kampf erfahrenste Heer bildeten.

Anders als die Templer verstanden es die beiden anderen großen Orden, sich eigene territoriale Herrschaftsbereiche zu sichern: die Johanniter auf Rhodos und die Deutschordensritter im Baltikum. Hinzu kommt wohl, dass die Templer den Antrag auf Mitgliedschaft König Philipps IV. (Philipp der Schöne) ablehnten.

Außerdem empfahlen nach dem Fall Outremers mehrere Gelehrte dem französischen König in vertraulichen Berichten einen neuen Kreuzzug. Einen Teil des Geldes sollte sich der König besorgen, indem er die Templer vernichtete und ihre Güter beschlagnahmte.

Da Philipp IV. hoch verschuldet war, unter anderem auch bei den Templern, beherzigte er diesen Rat, ohne jedoch an einen Kreuzzug zu denken. Allerdings war ein derart offensichtliches Vorgehen auch dem König unmöglich: Die Rechtsgelehrten betonten ausdrücklich, die eingezogenen Güter müssten der christlichen Sache im Heiligen Land zugutekommen.

Durch das dauerhafte Zusammenleben mit Muslimen nahm auch die Akzeptanz der Templer gegenüber dem Islam immer mehr zu. Der enge Kontakt der Templer zu den Muslimen rief ebenfalls den Unmut der Kirche hervor und stellte beim Auflösungsprozess gegen den Templerorden 1312 einen der Hauptanklagepunkte gegen die Gemeinschaft dar.

Im Jahre 1307 wurden die Mitglieder des Ordens schließlich der Ketzerei und der Sodomie (im Sinne homosexueller Handlungen) angeklagt.
Der Papst war zu dieser Zeit vom französischen König abhängig, daher standen die Chancen des Ordens schlecht. Philipp IV. machte die Sache zur Staatsaffäre.
Geschickt setzte er den aus Frankreich stammenden Papst Clemens V., der seinen Amtssitz nach Avignon verlegt hatte, unter Druck und drohte unter dem Vorwand angeblich vorhandener Kinder des Papstes mit einem Ketzerprozess gegen dessen Vorgänger und Mentor Bonifatius VIII., der bis zu seinem Tod infolge des von Philipp IV. initiierten Attentats von Anagni (1303) Papst gewesen war. Auch drohte der König, die Kirche Frankreichs abzuspalten, falls der Papst seine Unterstützung der Templer nicht einstellte, denn stellte sich dieser vor die ketzerischen Templer, könnte er selber in den Ruf geraten, ein Ketzer zu sein.

Am 14. September 1307 (dem wichtigen Fest „Kreuzerhöhung" und damit gewiss ein wohlüberlegtes Datum) wurde der Haftbefehl Philipps IV. ausgefertigt, und zwar für alle Templer ohne Ausnahme. Sie seien zu verhaften, gefangenzuhalten und dem Urteil der Kirche zuzuführen, ihre Besitztümer und bewegliche Habe sei zu beschlagnahmen und zu treuen Händen aufzubewahren.
Von der königlichen Kanzlei ergingen an alle „Dienststellen" in Frankreich versiegelte Briefe mit der Auflage, sie am Freitag, den 13. Oktober 1307, zu öffnen und dann strikt dem Inhalt gemäß zu verfahren. Die Briefe enthielten die Haftbefehle.
Mit dieser landesweit konzertierten Aktion konnte erfolgreich verhindert werden, dass die Brüder sich untereinander warnen konnten. Durch zahlreiche und fast gleichzeitige

Verhaftungen wurden sämtliche Templer in Philipps gesamtem Machtbereich überrascht.
Die königliche Seite brüstete sich damit, dass nur zwölf Ritter entkommen seien, darunter nur ein einziger Würdenträger.
Die Verhaftungswelle war ein gut durchorganisiertes, polizeiliches Kommandounternehmen – das erste bekannte seiner Art in der Geschichte.
In Paris wurden 138 Personen festgenommen. Eine päpstliche Kommission zählte 1309 noch 546 Inhaftierte in Paris, wohin die Festgenommenen gebracht worden waren. Die Untersuchung der Inquisition zog sich über Jahre hin. Die Vorwürfe waren bei allen Brüdern gleich: in erster Linie Häresie, Sodomie (im Sinne von Homosexualität) und Götzendienst. Eine reale Grundlage für den Templerprozess war aus heutiger Sicht nicht gegeben.
Es gab jedoch aus damaliger Sicht durchaus Anhaltspunkte, und zwar in den consuetudines, also den näheren Ausführungsbestimmungen der Regel, die man dafür nutzen konnte.
Die recht ausführlichen consuetudines waren normalerweise strikt vertraulich. (Es ist ein Brief eines Templers aus Südfrankreich an den Großmeister bekannt, in dem er nahezu verzweifelt berichtet, dass den Leuten des Königs die consuetudines in die Hände gefallen seien.)
In diesen wird nämlich auch zu Missständen Stellung genommen, wie sie vereinzelt wohl in allen Klöstern vorgekommen sind; so zum Beispiel in dem Absatz Nr. 573, in dem über drei der Sodomie überführte Brüder berichtet wird, und welche Strafen sie trafen.
Unter Folter gestand der Großmeister Jacques de Molay zunächst, widerrief jedoch kurz darauf.

Es folgte ein sehr langes Ermittlungsverfahren, gegen den Willen des französischen Königs, der einen kurzen Prozess wollte.

Wäre es ihm gelungen zu beweisen, dass der Orden insgesamt den Pfad seiner Regel verlassen hatte, ohne dass dies vom Papst moniert wurde, wäre der Papst selbst in Bedrängnis gekommen. Der Papst verhinderte dies.

Ein Kräftemessen zwischen Papst und König endete schließlich mit einem Kompromiss zu Lasten der Templer: Der Papst verzichtete darauf, dem König den Prozess zu machen wegen des Attentats von Anagni, bestätigte in einer Bulle rex glorie virtutum vom 27. April 1311 die Gottunmittelbarkeit des Königtums (electum a domino) und verfügte die physische Entfernung/Vernichtung der Bulle unam sanctam aus den Unterlagen des Vatikans, in der das Primat des Papstes über das Königtum ausdrücklich bekräftigt war; der König verzichtet auf einen „Coelestin V."-Prozess. Das Opfer wurde der Templerorden, dessen Besitz jedoch bei der Kirche verblieb bzw. bei den Johannitern und neugegründeten Orden in Spanien und Portugal.

Quelle: Wikipedia

Sign

Ich liege im Hotelbett. Neben mir schläft Ben. Es ist noch Nacht, aber die Morgendämmerung hat schon begonnen.
Das Fenster steht auf und es weht ein warmer Sommerwind ins Zimmer. Die leichte durchsichtige Gardine vor dem Fenster bewegt sich mit dem Wind. Von dem Trubel der Stadt ist noch nichts zu hören.
Ich liege auf dem Rücken und schaue an die gegenüberliegende Zimmerwand.
Plötzlich nehme ich etwas im rechten Augenwinkel wahr.
Der Wind hat plötzlich zugenommen und die weiße Gardine wird zur Seite geweht. Das Fenster ist frei und etwas fliegt in den Raum.
Es ist ein Schmetterling.
Es ist der blaue Morphofalter.
Er flattert durch das Zimmer, steigt hoch an die Decke, dreht seine Kreise und kommt langsam näher.
Ich spüre wie der Druck meiner Bettdecke zunimmt und mich irgendetwas festzuhalten scheint.
Angst macht sich bemerkbar.
Der Falter scheint größer zu werden.
Inzwischen schwebt er direkt über mir, verharrt plötzlich in seiner Bewegung und sinkt langsam auf meinen Kopf herab.
Ich versuche, mich zu bewegen, den Schmetterling mit meinem Blick zu verfolgen, aber es geht nicht. Der Druck der Bettdecke nimmt weiter zu.
Ich kann mich nicht mehr rühren. Ich spüre, wie der Falter auf meinen Haaren landet und in meinen Nacken kriecht.

In dem Moment, als das das Insekt meinen Hals berührt, passiert es.
Eine blaue Energie erfasst mich.
Ein Sog, nein, ein Druck, der durch mich hindurchfließt. Auf der Zimmerwand vor meinen Augen wird etwas sichtbar.
Kreise, Striche, Zeichen, die ich noch nie zuvor in meinem Leben gesehen habe.
Blaue Lichtkreise mit fremdartigen Symbolen.
Ich spüre, wie Panik in mir aufsteigt.
Das Insekt scheint sich immer stärker mit seinen kleinen Beinchen in meinem Nacken festzukrallen.
Ich versuche meine Arme zu befreien, will, dass es aufhört, will, dass das Ding von mir verschwindet.
Die Symbole erscheinen immer schneller und das Licht wird intensiver.
Ich biete meine ganze Kraft auf, um mich aus dieser Umklammerung zu lösen.
Ich schreie.
Endlich lässt es nach.
Ich kann mich befreien.
Ich öffne meine Augen. Der Morphofalter ist verschwunden und mit ihm die Zeichen.
Meine Atmung wird ruhiger und ich richte mich auf.
Durch das geöffnete Fenster dringen die Geräusche des erwachenden Prags an mein Ohr. Ich schaue nach links. Neben mir liegt Ben und schläft. Ich überlege kurz, ihn zu wecken, entscheide mich dann aber dagegen. Ich krieche zu ihm unter die Decke und schmiege mich eng an ihn.
Es tut gut, ihn jetzt bei mir zu haben.

On Tour

Die Sonne scheint und wir sind unterwegs in Richtung Österreich. Ben sitzt am Steuer meines Jeeps und ich habe es mir auf dem Beifahrersitz gemütlich gemacht. Der Traum von vergangener Nacht beschäftigt mich noch immer, aber langsam gewöhne ich mich daran, dass diese schrägen Dinge passieren.
Ich habe Ben direkt nach dem Aufwachen davon erzählt.
„Warum hast du mich nicht geweckt", war seine erste Reaktion.
„Warum? Was hättest du tun sollen?"
„Keine Ahnung! Aber vielleicht hätte man noch irgendeine Energie wahrnehmen können."
Ben war sichtlich enttäuscht. „Nächstes Mal", versprach ich ihm.
Nach einem kurzen Frühstück und einem schnellen Check-out (hier gab es übrigens keinen „guten Stift" und „bösen Stift"), machten wir uns über die tschechischen Landstraßen auf den Weg nach Österreich.
Kai hatte sich bei Ben gemeldet und uns ebenfalls in sein Hotel ins Waldviertel eingeladen, in dem schon Toni, Paul und Horst ihr Lager bezogen hatten.

„Das nächste Mal weckst du mich aber WIRKLICH!"
Hatte Ben meine Gedanken gelesen?
„Diese Träume haben etwas zu bedeuten, Lila. Das ALLES hat etwas zu bedeuten.
Die Tatsache, dass wir uns JETZT wiedergefunden haben, dass all diese Dinge passieren und wir gemeinsam diese Reise machen. Ich weiß nicht was und warum, aber es steckt ein Plan dahinter.
Von wem der ist? - Keine Ahnung!"

Langsam fange auch ich an zu glauben, dass nichts zufällig geschieht.
Dieses Virus, die Gleichschaltung der Welt und die komischen „Zufälle" auf völlig unterschiedlichen Ebenen.
Irgendwas passiert gerade mit uns und unserer Welt. Und es ist größer, als wir uns alle vorstellen können.
„Aber hast du eine Vermutung, was es sein könnte?", frage ich Ben.
„Vermutungen habe ich viele, ob es am Ende auch so ist, WhoKnows?!
Ich bin mir sicher, dass wir uns in einem Endkampf befinden.
Gut gegen Böse, Schwarz gegen Weiß, Hell gegen Dunkel.
Und das geschieht im Innen wie im Außen. Die Menschen sind innerlich zerrissen. Das spiegelt sich im Außen wieder.
Aber diese Zerrissenheit ist nicht zufällig zustande gekommen. Die Menschen werden seit Anbeginn der Zeit von „Mächten" gelenkt und gesteuert. Ob im „Kleinen" hier auf der Erde, oder im „Großen" auf kosmischer Ebene. Erinnere dich an die Geschichte von Enki und Enlil.
Du kannst ihnen auch andere Namen geben.
Gott und Satan.
Licht und Schatten.
Die „Eliten" dieser Welt dienen ganz sicher nicht dem Licht.
Nicht alle, die zu der „Elite" zählen sind dunkel, aber DIE, die das Ruder in der Hand halten, sind ganz sicher keine Freunde des Lebens und des Lichtes.
Wie sonst würdest du dir erklären, was hier auf der Erde abgeht?

Schau dich um.
Zerstörung, Krieg, Hunger, Armut, Leid.
Das alles wäre nicht nötig. Es gibt genug Ressourcen. Selbst für 8 Milliarden Menschen.
Aber das Leid ist gewünscht. Das Dunkle nährt sich durch Angst und Schmerz. Warum sonst gibt es so schreckliche Dinge wie satanische Rituale? Wieso werden vor allem Kinder für solche Dinge missbraucht?
Weil ihre Seelen REIN sind und die „Ausbeute" durch Schmerz und Leid bei ihnen am höchsten ist, die ENERGIE dort am höchsten schwingt. Das ganze Universum ist *Energie*. Alles. Auch wir.
Alles ist Frequenz, alles Schwingung. Das hat schon Nikola Tesla erkannt.
Und was verursacht gerade DIESES „Virus" weltweit?
Angst, Panik, Schmerz und Leid.
Es gibt Hinweise auf „Pläne" der dunklen Seite, die Bevölkerung auf 500.000 Millionen zu reduzieren. Der einfachste und effektivste Weg dahin, ist über Viren und Genmanipulation. Oder am besten eine Kombination aus beiden.
Aber die Menschen können oder wollen es nicht sehen.
Sie sind blind und taub.
Sie schlafen - und das nicht zufällig.
Es ist eine Massenhypnose.
Offensichtlich gibt es nur wenige, bei denen das nicht funktioniert.
Die Menschen haben vergessen, wer oder was sie sind.
Sie wurden ihrer Sinne und Fähigkeiten beraubt.
Das Ergebnis sind diese Bio-Roboter, die da draußen ferngesteuert herumlaufen.

Es ist kein Zufall, dass die Menschheit immer dümmer wird, während verschiedene künstliche Technologien immer stärker zunehmen.
Das menschliche Gehirn funktioniert über elektromagnetische Impulse.
Schwingung und Frequenz.
Hast du schon mal etwas von der *Schumann Resonanz* gehört?
Das ist der Takt, in dem unsere Erde schwingt. Es gibt eine eigene Erdfrequenz.
Im Idealzustand schwingt unser Gehirn in der gleichen Frequenz 7,83 Hertz.
Davon sind die meisten Menschen aber weit entfernt.
Interessanter Weise hat die Erde seit einiger Zeit ihren Takt geändert. Zufall?
Deswegen sind unsere Träume auch so wichtig, Lila. Vielleicht liegt darin ein Schlüssel versteckt.
Wie innen, so außen.
Alles ist Schwingung, alles ist Energie, alles ist *Frequenz!* ALLES!!!"

*Ein Universum voller **Frequenzen***
Jeder Frequenz werden individuelle Wirkungen zugeschrieben. Jede Substanz, jedes „Objekt" und jedes Lebewesen kann damit durch ihre/seine individuelle(n) Frequenz(n) analysiert oder auch charakterisiert werden. So lassen sich beispielsweise Töne, Farben und Düfte, aber auch Gefühle, Körperteile sowie Planeten (in Bezug auf ihre jeweilige Eigenumdrehung oder Umlaufbahn) durch ihre individuellen Frequenzen beschreiben und einander zuordnen.
In der Medizin, der Musik und der physikalischen Therapie sind verschiedenste Wirkungen von Frequenzen bekannt.

Vieles wurde wissenschaftlich erforscht, aber nicht alles, was erforscht wurde, gilt auch als allgemein anerkannt.

Die Schumann-Resonanzfrequenz oder verkürzt **„Schumann-Frequenz"** *beziehungsweise "Erdresonanzfrequenz", ist ein Schwingungsmuster, mit welchem die Erde pulsiert.*
Die Grundfrequenz liegt bei 7,83 Hertz.
Benannt nach dem deutschen Physiker und Elektroingenieur Winfried Otto Schumann.
Das Phänomen wurde 1952 von Winfried Otto Schumann und Herbert L. König entdeckt und 1960 experimentell untersucht.
Bereits früher war die Existenz derartiger Resonanzen postuliert und u. a. von Nikola Tesla beschrieben worden, ohne dass dieser sie allerdings systematisch einzuordnen vermochte.
In einer Serie von Artikeln in den Jahren 1952 bis 1957 schließlich behandelte Schumann das Phänomen unter Berücksichtigung von Dämpfung und Anregung der Resonanzen durch Blitze weiter.

Wissenschaftler fanden heraus, dass die Oberwellen der Schumann-Frequenzen sich erhöhen, sobald eine erhöhte Lufttemperatur vorliegt. Ebenso erhöhen sie sich dadurch die Anzahl der Blitze. Blitze entstehen durch Entladungen zwischen der positiv geladenen Ionosphäre und der negativ geladenen Erdoberfläche. Sie senden ELF-Wellen aus (extrem lange Wellen von Ausdehnungen zwischen 10.000 bis 100.000 Kilometern von 3-30 Hertz), welche weiter durch die gesamte Erde laufen. Sie unterstützen dadurch die Resonanzfrequenzen der Erde.

Die Grundfrequenz der Schumann-Resonanzfrequenz liegt normalerweise bei 7,83 Hertz. Im Sommer erhöht sie sich aufgrund der erhöhten Lufttemperatur auf bis zu 8 Hertz. Im Winter sinkt sie auf bis zu 7,8 Hertz ab.

Seit 1840 hat es sich unser Magnetfeld (Stand Februar 2018) um ein Sechstel abgeschwächt.
Es gibt Meinungen, dass dadurch auch die Wahrnehmbarkeit der Schumann-Resonanzfrequenz schwächer sein soll.
Stimmt dieser Zusammenhang, so wäre das ein zusätzlicher Faktor, der einen erheblichen Teil der neu aufgetretenen Krankheitsbilder (Zivilisationskrankheiten) mit erklären könnte.
So können Hyperaktivität, Stimmungslagen, Realitätsverzerrungen oder Herz- und Kreislaufprobleme sowie generell psychische Auffälligkeiten durchaus in diesen Zusammenhang gebracht werden.
Beobachtungen zeigen, dass offensichtlich verschiedene Körperfunktionen auf die Schumann-Frequenz von rund 8 Hz „geeicht" beziehungsweise „gestimmt" sind.
Eine Veränderung dieser Resonanz oder gar ihr Fehlen kann daher Auswirkungen auf den menschlichen Körper haben.
Die Erhöhung der Intensität der Oberwellen der Schumannresonanz kann über Gehirnwellenstimulation Auswirkungen auf unser Bewusstsein haben.
Gehirnwellen bei 8 Hertz sind an der Schwelle zwischen Theta-Zustand (3 bis 8 Hertz, Traumzustand) und Alpha-Zustand (8 bis 12 Hertz, entspannter Wach-Zustand). Oberhalb vom Alpha-Zustand ist der Beta-Zustand (12 bis 38 Hertz, wacher aufmerksamer Zustand).

Wird nun die Oberwelle bei 14,1 Hertz stärker, so könnte dies zur Folge haben, dass der "Schlafzustand" des Bewusstseins verringert wird.
Das Bewusstsein könnte sich dadurch eventuell sprichwörtlich erhöhen.
Was es genau zur Folge hat, muss sich erst noch herausstellen, da solch eine Veränderung vorher noch nicht beobachtet werden konnte.
Die Grundfrequenz der Erde (7,83 Hertz) ist, wie gesagt, der Taktgeber für unser Gehirn.
Die Zirbeldrüse, die tief im Inneren des Gehirns verborgen ist, empfängt diese Frequenz und steuert alle Rhythmen unseres Körpers.
Das Fehlen der Grundfrequenz soll ernsthaft krank machen, was mutmaßlich die bemannte Raumfahrt in den 1960er und 70er Jahren stark bedrohte.
Bei den Astronauten sollen sich Störungen des Allgemeinbefindens wie Benommenheit, Kopfschmerzen, Pulsveränderungen und Atemveränderungen gezeigt haben.
Zudem ging das realistische Zeitgefühl verloren. Es soll herausgefunden worden sein, dass die fehlende Schumann-Resonanzfrequenz der Grund dafür war.
Anhand eines künstlich erzeugten Schwingungsmusters konnte angeblich für die Astronauten das Problem gelöst werden.
Im Rahmen der Chrono-Astro-Biologie haben sich Forscher mit den Auswirkungen elektromagnetischer Felder auf endokrinologische Systeme wie Schilddrüse, Bauchspeicheldrüse oder Nebennieren beschäftigt, die für die Hormonregulation im Körper verantwortlich sind.
Für die Chronoastrobiologen (beispielsweise Chronoastrobiology Research of University of Minesota) ist seit längerem

klar, dass der Einfluss der naturgegebenen Elektro-Magnet-Felder auf den Menschen erheblich ist.

Die Zuführung der Erdfrequenz auf den menschlichen Körper zeigt in Doppelblindstudien und bei praktischer Nutzung eindeutig positive Ergebnisse bei vielen Erkrankungen.

Die **Georgia Guidestones** *sind ein Monument aus Granitstein.*
Es befindet sich etwa 14 Kilometer nördlich des Zentrums der Stadt Elberton im Elbert County im US-Bundesstaat Georgia.
Wegen seines Aussehens wird es manchmal als das „amerikanische Stonehenge" bezeichnet.
Eine Inschrift mit zehn Richtlinien ist in die massiven Steinblöcke in acht modernen Sprachen eingeschlagen. Auf der Oberseite befinden sich die Richtlinien in gekürzter Form in vier altertümlichen Sprachen: Babylonisch, Altgriechisch, Sanskrit und in ägyptischen Hieroglyphen.

Im Juni 1979 erschien bei der Elberton Granite Finishing Company ein Mann, der das Pseudonym Robert C. Christian benutzte und erklärte, dass er im Auftrag „einer kleinen Gruppe loyaler Amerikaner, die an Gott glaube", handele und anonym bleiben wolle.
Christian erklärte dem Eigentümer der Firma und späteren Baumeister Joe Fendley den Plan. Es solle als Kompass, Kalender und Uhr genutzt werden und Katastrophen überstehen können. Er machte dabei metrische Angaben zur Größe und zum Umfang des Monuments. Dabei waren zur Errichtung des Monuments erheblich größere Granitblöcke

erforderlich, als sie bisher im Elbert-County abgebaut, geschnitten oder fertiggestellt worden waren.

Fendley konnte nur eine grobe Kostenschätzung machen, da zusätzliche Werkzeuge und Berater notwendig waren und schätzte die Bauzeit auf etwa sechs Monate.

Zur Finanzierung wandte sich Christian an den Präsidenten der lokalen Granite City Bank, Wyatt Martin. Martin war durch eine Verschwiegenheitserklärung sowie als einzigem Mittelsmann die Identität von Christian bekannt, da er dessen Kreditwürdigkeit prüfen musste.

Christian erzählte ihm, dass eine Gruppe, die anonym bleiben möchte, seit mehr als 20 Jahren ein ungewöhnlich großes und aufwändiges Stein-Monument plane.

Christian übergab Fendley ein hölzernes Modell des Monuments sowie zehn Seiten mit detaillierten Angaben zum Monument, die unter anderem Statik, Fundament und Astrologie betrafen. Dabei ähneln die Angaben denen des inneren Teils von Stonehenge.

Martin erteilte Fendley die Freigabe zum Bau, nachdem ein Guthaben bei seiner Bank eingegangen war.

Der Enthüllung der Guidestones, die am 22. März 1980 und somit nahe dem Zeitpunkt des Frühlingsäquinoktiums stattfand, wohnten zwischen 100 und 400 Personen bei.

Zehn „Gebote", Leitsätze oder Richtlinien sind in den Georgia Guidestones in acht verschiedenen Sprachen mittels Sandstrahlen eingraviert, eine Sprache auf jeder Seite der vier aufrechtstehenden Steine. Von Norden im Uhrzeigersinn beginnend sind dies Englisch, Spanisch, Swahili, Hindi, Hebräisch, Arabisch, klassisches Chinesisch, und Russisch. Nachfolgend wird die die deutsche Übersetzung wiedergegeben.

1. Halte die Menschheit unter 500.000.000 in fortwährendem Gleichgewicht mit der Natur

2. Lenke die Fortpflanzung weise – um Tauglichkeit und Vielfalt zu verbessern

3. Vereine die Menschheit mit einer neuen, lebenden Sprache

4. Beherrsche Leidenschaft – Glauben – Tradition und alles Sonstige mit gemäßigter Vernunft

5. Schütze die Menschen und Nationen durch gerechte Gesetze und gerechte Gerichte

6. Lass alle Nationen ihre eigenen Angelegenheiten selbst/ intern regeln und internationale Streitfälle vor einem Weltgericht beilegen

7. Vermeide belanglose Gesetze und unnütze Beamte

8. Schaffe ein Gleichgewicht zwischen den persönlichen Rechten und den gesellschaftlichen/sozialen Pflichten

9. Würdige Wahrheit – Schönheit – Liebe – im Streben nach Harmonie mit dem Unendlichen

10. Sei kein Krebsgeschwür für diese Erde – lass der Natur Raum – lass der Natur Raum

Die geläufigste Annahme ist, dass die Steine das grundlegende Konzept zum Neuaufbau einer zerrütteten Zivilisation darlegten. Der Autor Brad Meltzer befand, dass die

Steine 1979 auf dem Höhepunkt des Kalten Krieges errichtet wurden und als Botschaft an die eventuellen Überlebenden eines Dritten Weltkrieges gedacht waren.

Demnach könne die Forderung, die Erdpopulation unter 500 Millionen Menschen zu halten, von der Annahme herrühren, dass nach einem Atomkrieg die überlebende Population unterhalb dieser Größenordnung liegen würde.

Der Inhalt der Guidestones wird auch zu den Alternativen 10 Geboten gezählt.

Quelle: Wikipedia

 **Unten am Fluss**

Ich habe die Augen geschlossen und höre dem Rauschen der *Thaya* zu. Die Sonne scheint mir ins Gesicht und ich genieße die Natur. Wir sind im Waldviertel angekommen, ich habe es mir mit Toni am Ufer des Flusses, der direkt an Kai's Hotel vorbeifließt, gemütlich gemacht. Ben, der den ganzen Weg gefahren ist, hat sich ins Hotelzimmer zurückgezogen, um sich etwas auszuruhen. Ich habe Toni seit unserer Reise in den Thüringer Wald nicht mehr gesehen. Zwar haben wir fast täglich telefoniert, aber so ein Girls-Talk unter vier Augen ist schon etwas anderes.

Zur Feier des Tages haben wir uns jeder eine Weißweinschorle bestellt (hier in Österreich sagt man „Weißer Spritzer" dazu - I like).

Paul und Horst, denen ich auch schon begegnet bin, haben sich (wie sollte es anders sein) zurückgezogen, um ihre tägliche Sendung vorzubereiten.

„Ach Toni, hier ist es echt schön! Wie lang seid ihr jetzt schon hier?"

Ich öffne die Augen und schaue Toni an.

„Drei Wochen. Ist wirklich total angenehm. Man bekommt von dem ganzen Wahnsinn da draußen in der Welt kaum etwas mit. Würden sich die Jungs nicht täglich mit all dem in ihrer Sendung beschäftigen, würde wir nichts davon merken." Sie nimmt einen Schluck von ihrer Schorle. „Ist schon cool von Kai, dass wir hierbleiben können. Er war irgendwie ein-, zweimal kurz da. Die meiste Zeit turnt er in Wien herum und macht da sein Business. Aber ganz uneigennützig ist die Nummer natürlich nicht von ihm." Toni zwinkert mir zu.

„Wir machen ihm die Hütte ordentlich voll. Die Leute, die unsere Sendung schauen, wissen ja inzwischen, dass wir hier sind und viele kommen extra nur unseretwegen her. Das Restaurant und die Zimmer sind trotz „Virus" voll belegt. Eine Hand wäscht die andere."
Ich muss lachen. Da ist sie wieder. Toni, die Geschäftsfrau.
„Läuft also bei dir. Und wie ist es mit Paul? Bist du happy?" „Total!", sagt sie und strahlt über das ganze Gesicht. „Ich glaube, ich bin angekommen. Es ist einfach nur schön. Ich genieße jeden einzelnen Tag mit ihm."
Ich schaue Toni an. Sie sieht wirklich glücklich aus.
„Und wie ist es mit dir und Ben?" Ich überlege kurz. „Hmm, gar nicht so einfach zu beantworten."
Toni stutzt. „Wieso? Bist du nicht happy? Ihr macht einen unglaublich vertrauen Eindruck. Doch nicht alles rosa im Paradies?"
„Nee... doch...ach, ich weiß auch nicht. Es ist schon fast zu perfekt, weißt du, was ich meine?"
„Ähm...nö!" Ich muss lachen.
„Ach man, ich weiß auch nicht. Ich kenne Ben doch eigentlich gar nicht und trotzdem ist er mir so unfassbar nah. So als hätten wir die Werbung im Kino übersprungen und sind direkt im Hauptfilm gelandet. Das Komische ist, ich bin überhaupt nicht klassisch verknallt. Es ist direkt von Anfang an so viel tiefer und vertraut. So selbstverständlich und ohne Zweifel. Kein Vergleich zu irgendeiner Begegnung zuvor in meinem Leben.
Irgendwie fast beängstigend."
„Aber das scheint es ja auch nicht zu sein, eine Begegnung wie jede andere. Erinnere dich an das, was Mantis gesagt hat!", bemerkt Toni.

„Ja Toni, ich weiß. ICH glaube auch an uns und unseren Weg, aber dennoch erscheint mir das alles manchmal sehr surreal. Es ist gar nicht so leicht, einfach in das Vertrauen zu gehen, wenn man doch eigentlich eine „Puppe" in Designerschuhen ist", gebe ich schmunzelt zu.
Toni muss lachen.
„Ach *Puppe*, so viel Puppe ist von dir gar nicht mehr übrig. Du hast dich schon ordentlich verändert auf deinem Weg. Und deine überteuerten Treter „ohne Wert" werden wahrscheinlich auch die letzten gewesen sein, die du dir gekauft hast. Das Eine kommt, das Andere geht."
Toni hat recht. Irgendwie hat alles, was mir noch vor wenigen Monaten kostbar erschien, an Wert verloren und andere Dinge sind an deren Stelle gerückt. Ein schleichender Prozess, der mir gar nicht so bewusst aufgefallen ist, bis zu diesem Moment.
„Aber da ist noch etwas, Toni."
Ich halte inne, bevor ich weiterspreche.
„Ich habe manchmal das Gefühl, dass Ben zweifelt. Als wenn er das alles nicht zulassen möchte, aus welchen Gründen auch immer. Er spricht nicht wirklich darüber. Ich weiß nicht ob es seine Ex ist, sein Sohn oder einfach nur diese unwirkliche Zeit, in Kombination mit all unseren Erlebnissen und Erinnerungen. Aber irgendetwas scheint ihr zurückzuhalten, obwohl uns das *Schicksal* unmissverständlich klar zu machen versucht, dass wir diesen Weg zusammen gehen sollen."
„Den ihr zusammen gehen DÜRFT", korrigiert Toni mich.
„Du wieder", lache ich. „Aber ja, du hast Recht. Ich nehme dieses Geschenk, diesen Weg an".

Plötzlich überkommt mich eine tiefe Trauer, denn auf einmal wird mir bewusst, dass unsere gemeinsame Reise sich langsam dem Ende neigt. Wie soll der Weg dann weitergehen? Ich in Deutschland und Ben wieder in Wien?
„Schau nicht so traurig, Puppe. Eure Begegnung ist ein Geschenk. Aber sie hat eben auch ihren Preis.
Wie alles im Leben!
Ihr kriegt das schon hin und außerdem sind eure Seelen IMMER miteinander verbunden. Egal, wo ihr seid. That's the game." Toni schaut unsere Weingläser an. Sie sind leer. „Komm, ich besorge uns noch was!"
Sie steht auf und geht in Richtung Hotel, um uns neue Getränke zu ordern. Ich bleibe am Ufer sitzen und schaue ins Wasser. Vor meinem inneren Auge lasse ich die vergangenen Tage Revue passieren.
Kurze Zeit später ist Toni mit zwei frisch gefüllten Gläsern zurück.
„Was ist jetzt eigentlich mit Nikolas? Weiß er inzwischen was von Ben?"
„Nee, direkt gesagt habe ich ihm noch nichts", antworte ich. „Aber er ist ja nicht blöd. Ich habe in den letzten Wochen so viel mit Ben telefoniert, das hat er schon irgendwie mitbekommen. Ich habe da ehrlich gesagt auch kein großes Geheimnis draus gemacht. Es ist mehr als überfällig. Am liebsten wäre mir, Nikolas würde einfach auch jemanden kennenlernen. Dann wäre es für alle cool. Wenn ich zurück bin, werde ich mit ihm sprechen. Selbst ohne Ben wäre es an der Zeit. Ich könnte ihm niemals von all dem hier erzählen. Er würde mich für völlig verrückt erklären. Allein die Geschichte mit dem blauen Schmetterling und meinen Träumen."
Ich muss lachen und zeige mir selber einen Vogel.

„Ich glaube ja manchmal selber schon, ich verliere den Verstand."

„Ach", antwortet Toni „den Verstand zu verlieren ist manchmal gar nicht so schlecht. Meistens ist uns der eh nur im Weg. Am besten, man „denkt" nur mit dem Herzen." Sie macht eine kleine Pause.

„Aber über die Nummer mit dem Schmetterling habe ich auch schon nachgedacht. Irgendetwas verbindet dich und Ben mit diesem Falter. Irgendetwas will er euch mitteilen. Warum fragt ihr nicht einfach Mantis? Vielleicht weiß sie eine Antwort darauf?"

Dreamer

Mir gefällt die Idee gut, Mantis um Rat zu fragen. Also schnappe ich mir meine Sachen und mache mich auf den Weg zu Ben ins Hotelzimmer.
Als ich das Zimmer betrete, sehe ich ihn, sein iPhone in der Hand haltend mit nacktem Oberkörper im Bett sitzen. Das Zimmer ist groß und lichtdurchflutet und durch die geöffneten Fenster weht ein warmer Sommerwind.
Mich überkommt ein Gefühl des Glückes der Vollkommenheit, aber auch der Trauer. Nur noch wenige Tage und wir gehen beide zurück in unsere alten Leben.
Ich bleibe in der Tür stehen und lasse den Moment auf mich wirken.
Ben bemerkt mich und schaut auf.
„Hey, wie war euer Mädelstalk? Habt ihr euch fleißig ausgequatscht."
„Ja, haben wir", antworte ich.
„Toni hatte eine gute Idee, wie ich finde. Sie hat vorgeschlagen, Mantis um Rat zu bitten. Diese Schmetterlings-Nummer lässt mir keine Ruhe."
Ben lacht.
"Die gleiche Idee hatte ich auch schon. Und ich habe Mantis sogar schon angeschrieben. Wir können heute Abend mit ihr sprechen, wenn du magst", strahlt Ben mich an.
Ich gebe auf. Wem will ich hier noch was vormachen. Offensichtlich brauchen wir nur zu denken und der andere weiß, was zu tun ist. *Verrückte* Welt.

Drei Stunden später ist es soweit. Wir haben uns an einen ruhigen Tisch im hintersten Teil des Hotelrestaurants zurückgezogen. Das Hotel ist wirklich schön gelegen, aber das WLAN ist eine Katastrophe.
Nur im Restaurant ist es durchgehend stabil. Toni war so lieb, uns ihr MacBook zu leihen. Ben hat einen Zoom-Call mit Mantis vereinbart. Wir schauen auf den Bildschirm und Mantis beginnt zu sprechen.
„Was ist Realität?"
Ich schaue Ben an. Er überlegt kurz und möchte zur Antwort ansetzen, doch da redet Mantis schon weiter.
„Was ist Realität?", wiederholt Mantis ihre Frage.
„Was ist *Wirklichkeit* und was ein *Traum*?
Seid euch dieser Frage immer BEWUSST.
Die Annahme, dass das, was wir als Wirklichkeit wahrnehmen, auch wirklich die Wirklichkeit ist, ist nur eine Annahme.
Eure Träume sind ein Potential, das geweckt werden kann und euch dazu befähigt, neue Informationen in euch aufzunehmen, um die euch umgebende „Realität" damit zu verändern.
Die Traumwelt ist eine Dimension, die genauso reich und komplex ist wie unser Wachzustand, unsere „Realität".
Wenn wir schlafen, „spricht" unsere Seele mit uns, ohne von unserem Bewusstsein kontrolliert zu werden.
Träume sind eine innere Kraft.
Ihr habt die Freiheit zu glauben, was ihr wollt und eure Realität zu erschaffen, wie sie für euch sein soll.
Das ist euer Privileg.
Wir stehen alle unter dem Gesetz unseres eigenen Bewusstseins.

Jedes Problem wird hier erschaffen, aber auch jede Lösung.
Eure Zwillingsseelen haben den Weg in diesem Leben zueinander gefunden. Die Kraft dieser Verbindung könnt ihr wahrnehmen. Setzt diese Energie frei und wagt den Sprung in eine neue Dimension.
Die Träume, die ihr beschreibt, sind Einladungen in diese neue Welt. Der Schritt in die nächste Dimension. Geht diesen Schritt gemeinsam!
Der Morphofalter steht für eure Metamorphose.
Ein Überbringer der Einladung.
Er zeigt euch den Weg.
Er hat euch zueinander geführt und wird euch auch weiter begleiten. Es geht nur gemeinsam. Ihr kennt alle Antworten bereits. Ihr kanntet sie schon, bevor ihr euch wiedergefunden habt. Sie sind in euch.
Ihr seid Frage und Antwort in einem.
Das Rätsel und die Lösung.
Tür und Schlüssel.
Ihr tragt einen Funken in euch, den ihr nur gemeinsam entzünden könnt.
Entfesselt diese universelle Kraft.
Die Kraft, die das Universum zusammenhält und alles überwindet.
Selbst Zeit und Raum.

Die LIEBE!

Wo Liebe ist, gibt es keine Dunkelheit.
Liebe ist der Schlüssel.
Liebe ist die Brücke.
Liebe ist die Lösung.

Aber dieser Schritt bedarf viel Mut und Vertrauen in euch selbst. Ihr seid euch bester Freund und ärgster Kritiker. Der perfekte Spiegel. Geht durch den Spiegel hindurch und entdeckt eure wahre Größe!
Damit ist alles gesagt.
Jetzt ist es an euch, eure Metamorphose abzuschließen."

Mantis verstummt und trennt die Verbindung.
Ich schaue Ben an.
DAS ist es also.
So simpel und doch so schwer.

Transformation
bedeutet Übergang, Wechsel, Umformung. Als spirituelle Transformation könnte man den Übergang von einer Bewusstseinsstufe zu einer höheren bezeichnen.
Durch Meditation und andere spirituelle Praktiken, aber auch durch Spontanereignisse (Unfälle, Todeserfahrungen etc.) findet ein Erwachen statt, dass den Menschen dauerhaft in einen neuen Geisteszustand versetzt.
Transformation kann auch ein Prozess sein, durch den sich über eine gewisse Zeit hinweg der Mensch der neuen Bewusstseinsstufe annähert.
Transformation ist dann eine Entwicklung, eine Bewegung, ein Wandel oder die Verwandlung, die vom Menschen auch als solche erlebt wird.
Eine Transformation bedeutet Umwandlung. Es meint aber auch etwas, das die Form wechselt. Trans heißt hinübergehen. Form – erklärt sich von alleine.
Transformation ist das, was sich verändert, was wechselt.

Im Laufe der Evolution hat die Menschheit mehrere existentielle Krisen erlebt, die nach einer Störungsphase letztlich jeweils in einer Transformation des allgemeinen Bewusstseinsniveaus resultierten.
Quelle: Wikipedia

Wildgänse II

Ich sitze auf meinem Balkon.
Es ist Ende November und die letzten braunen Blätter an den Birken hinter meinem Haus warten auf den Herbststurm, der sie davonträgt. Die Sonne scheint, die Luft ist kalt und der Kaffee, den ich mir eben frisch aufgebrüht habe, dampft heiß in seinem Becher vor sich hin. Ich höre die Wildgänse, wie sie laut schreiend in Formation über den Himmel ziehen und sich auf ihre lange beschwerliche Reise in den Süden aufmachen.
Ich wünsche mir, ich könnte mit ihnen fliegen.
Mit ihnen in den Süden - mit ihnen nach Wien.
Wir haben die *zweite Welle*.
Wir haben den zweiten Lockdown.
Ich habe Ben seit Wochen nicht gesehen.

Nach unserem Gespräch mit Mantis schien alles klar.
Die Lösung so simpel und doch so schwer.
Der Schlüssel zu allem ist immer die LIEBE.
Wie innen, so außen…
Der Abschied von Ben nach unserer gemeinsamen Zeit zerriss mich gefühlt in zwei Hälften. War es mir vor unsere Begegnung problemlos möglich, gut mit mir „allein zu sein", starb ich jetzt innerlich vor Sehnsucht nach diesem Gefühl der Vollkommenheit. Jeder Versuch mich wieder „ganz" zu fühlen, schien vergebens.
Ich verfiel in eine Depression, die einige Wochen anhielt. Max konnte nicht verstehen, warum Mama auf einmal so traurig war und ich konnte es ihm nicht erklären. Wie sollte ich auch. Ich konnte es mir ja selber kaum erklären.

Wie innen, so außen….

Mein Wunsch für Nikolas ans Universum hatte sich zwischenzeitlich erfüllt. Als ich von meiner Reise aus Österreich zurückkam, eröffnete mir Nikolas, dass er jemanden kennengelernt habe und er diese Frau sehr mochte.
Wir sprachen offen miteinander.
Natürlich hatte er meine Veränderung und auch „Ben" wahrgenommen. Wir lösten unsere Verbindung in LIEBE auf und gaben uns frei für neue Erfahrungen.
Wie innen, so außen…

Auch wenn wir unsere kleine Welt trotz Trennung irgendwie stabil halten konnten, brach im Außen vor unsere Haustür endgültig das Chaos aus. Das „Virus" war inzwischen allgegenwärtig. In den Medien und in den Köpfen der Menschen. In der „Realität" sah man zwar immer noch nicht viel davon, aber das spielte schon lange keine Rolle mehr.
Mir drängt sich immer mehr die Frage auf, was dieses „Virus" wirklich ist.
Eine reale Bedrohung im AUSSEN für die Menschen, oder ein „Virus" aus unserem INNERSTEN, das unsere Welt zerfrisst?
Ob tatsächlich ein großer Masterplan hinter all dem steckt oder alles nur Fantasie ist, muss jeder für sich selbst entscheiden.
Wer tief in sich hineinschaut und auf sein HERZ hört, kennt die Antwort. Wie groß die Lügen rund um unsere Existenz wirklich sind, werden wir wahrscheinlich niemals erfahren. Aber wir tragen die Antworten in uns und wer genau hinhört, wird sie ERKENNEN.

Wir alle sind auf einer Reise und wer uns wann, wie, wo begegnet, liegt nicht in unserer Macht.
Was diese Begegnungen mit uns machen, haben wir nicht in der Hand.
Wir können nichts tun, außer diese Aufgaben annehmen und mit dem Strom zu fließen.
Widerstand zwecklos.
Wenn ich eines begriffen habe auf meiner Reise, dann dass wir unsere HERZEN öffnen und auf unsere innere Stimme hören müssen. Wir wissen und können mehr, als wir glauben. In unseren Träumen lässt sich viel Wahrheit finden. Man darf wieder anfangen, sich SELBST zu VERTRAUEN. Wir alle haben unsere Ängste und es bedarf viel MUT, durch sie hindurchzugehen.
Wie innen, so außen…

Dieses „Virus" wird uns wahrscheinlich noch lange begleiten. Aber eines ist sicher…wo Licht ist, kann das Dunkle niemals siegen.
Der Schlüssel zu allem ist die LIEBE!

Ich weiß nicht, wann und wo ich Ben wiedersehen werde. Aber wir werden uns wiedersehen…irgendwann!
Bis dahin nutze ich meine Zeit und werde versuchen, UNSERE Geschichte zu schreiben.
Eine Geschichte, die die Menschen, die sie lesen, an sich selbst erinnert.
Erinnerungen, an die sie anders nicht herankommen können.

Wie diese Geschichte ausgeht… ***WhoKnows?!***

Es sind wieder nur Worte
Geschriebene Formen auf einem Blatt
Unausgesprochene Laute, die im Nichts verklingen.
Doch wie sonst soll es mir gelingen, der Flaute zu entrinnen
Und dir zu sagen, was ich dir zu sagen habe.

Schwerelos zwischen Tür und Angel schwebend
Hat mich jetzt das Universum in der Hand
Ich grabe nach Worten, die dich versuchen könnten
zu beschreiben.
Die Möglichkeit diese Tiefe zu entkleiden,
Um das Verbleibende aufzuzeigen
Wenn das Vergängliche am Dahinscheiden.
Doch nichts, das ich fand.

Es ist wie etwas das schon immer da war
Undenkbar es zu missen
Ein Muss nur ohne zu müssen
Die Schwelle übertreten in ein mir unbekanntes Land
Das Wissen, vielmehr die Intuition
Das Geschehen lassen von etwas, das ich selbst
nicht verstand.
Etwas, das mich schon früher mit dir verband
Nahm meine Hand und ließ sie von dir erzählen
Trieb mich zum Rand

Ich scheine dich schon mein ganzes Leben lang zu kennen
Ich konnte deinen Namen nennen
Bevor ich überhaupt wusste, dass es dich gab.

sunflower

Ich **danke**… in **LIEBE**…

SAM, für deine langjährige Freundschaft, dein immer offenes Ohr, wenn „Not am Mann" ist und deine große Unterstützung bei diesem Projekt.

Mark, für deine Geduld und Treue, als Freund auf dem Weg.

Nina, Antonia und **Christina**, für eure Zeit und eure tollen Impulse. Ihr seid die besten Testleserinnen, die man sich wünschen kann.

Mads, für deine bedingungslose Liebe.

sunflower, für dein wunderschönes Gedicht

Und ich danke einem **Menschen**,
der **UNERKANNT** bleiben möchte.
Danke für unsere **Reise** durch die **Zeit**!